눈은 하늘에서 보낸 편지

일러두기

- 이 책의 번역 저본은 中谷宇吉郎, 『雪は天からの手紙: 中谷宇吉郎エッセイ
  集』(岩波書店, 2002)이다. 도판은 국역본에 추가한 것이다.
- 본문 내 ( )는 저자의 것, 〔 〕와 각주는 역자의 것이다.

눈은 하늘에서 보낸 편지

나카야 우키치로 지음 — 박상곤 옮김

글항아리

차례

1장 북쪽 나라에서의 연구

눈의 지방 도카치   009

눈 만들기   018

저온실 이야기   026

남극, 북극, 열대지방의 눈   041

뇌수雷獸   050

2장 과학자들

구피球皮 사건   063

찻잔의 물과 그 밖의 것   071

유카와 히데키   084

나가오카와 데라다   107

켈리 박사   114

3장 일상의 과학

토끼 귀   121

쌀알 속 부처님   135

막대 폭죽   150

찻잔의 곡선   159

4장 과학의 마음가짐

천리안 소동   171

입춘 달걀   196

비교과학론   213

5장 젊은이들에게

『서릿발 연구』에 대해   235

지구가 둥글다는 것   245

나의 이력서   257

이구아노돈의 노래   268

1장

북쪽 나라에서의 연구

눈의 지방 도카치
—눈을 연구하는 나날

재미 삼아 눈 연구를 시작했다가 어느덧 발을 뺄 수 없을 정도로 빠져들어 도카치다케十勝嶽산*을 다섯 번이나 다녀왔다. 도카치다케산에서 우리가 묵은 곳은 하쿠긴소白銀莊라는 조그마한 산장으로, 화산재 코스와 가깝고 후키아게 온천에서는 500미터 정도밖에 떨어져 있지 않은 곳이다. 해발 1060미터 높이에 위치한 산장은 산 중턱 삼림지대에서 거의 벗어난 위치에 자리 잡고 있다.

　눈 연구라고는 하지만 아직까지는 현미경으로 눈 결정 사진을 촬영하는 것이 주된 활동이기 때문에 현미경은 물론 사진 촬영 및 현상에 필요한 장비, 간단한 기상관측기

* 홋카이도 중앙에 위치한 활화산.

구, 그리고 이동식 암실 등 꽤 많은 짐을 지고 가야 한다. 여기에 더해 열흘 정도 머무는 동안 먹을 식량도 그 양이 만만치 않다. 모두 합쳐 400킬로그램은 족히 되는 짐을 말 수레 서너 대에 나눠 싣고 울퉁불퉁한 눈길을 다섯 시간이나 걸어 하쿠긴소 산장에 도착하면 해가 완전히 저물어 밤이 돼버린다. 이렇게 눈길을 뚫고 숙소까지 오는 여정이 가장 고되지만, 도착만 하면 산장을 관리하는 노부부가 늘 반겨주고 여러모로 신경을 써주기 때문에 시골 친척 집에 놀러 온 것처럼 편하게 지낼 수 있다.

하쿠긴소는 산장이라곤 하지만 노부부가 거처하는 집이어서, 내부 시설이 꽤 잘 갖추어져 있다. 아래층은 식당 겸 거실로 여느 산장처럼 한가운데 큰 난로가 있고 2층에는 침실이 있다. 신기하게도 산장 부근엔 바람이 많이 불지 않아 아래층 난로의 따뜻한 온기를 느끼며 이불을 덮고 침대에 누우면 그 어느 곳에서보다 안락하게 잠을 청할 수 있다. 도착 이튿날엔 우선 아래층 방 한구석에 돗자리를 깔고 외풍을 막은 후, 암막을 쳐서 암실을 만든다. 그리고 암실에 나무 상자를 들여놓은 다음 현상 장비와 건판을 설치한다. 실험대는 식탁을 하나 빌려서 마련한다. 눈 결정체 촬영은 산장 입구에 있는 자작나무 발코니에서 하기로 하고, 여기에도 나무 상자로 만든 실험대를 놓는다. 현미경

사진 촬영을 위해서는 튼튼하고 제대로 된 실험대가 필요한데, 실험대를 만드는 데는 눈 콘크리트가 매우 요긴하게 쓰인다. 나무 상자 둘레를 눈으로 단단하게 다지고 물을 약간 부어놓으면 5분도 안 돼서 꽁꽁 얼어 그럴듯한 눈 콘크리트 실험대가 완성된다. 촬영 장비도 같은 방법으로 실험대 위에 고정한다.

도카치다케산 부근은 눈 결정체를 연구하기에 더할 나위 없이 좋은 곳이다. 세계적으로도 보기 드문 곳이 아닐까 싶다. 제1결정은 빼어나게 아름다운데, 섬세하게 뻗은 가지는 손이 베일 듯 날카롭고 선명한 윤곽을 보여준다. 세계 어느 연구자가 찍은 사진에서도 하쿠긴소에서 본 것만큼 아름다운 눈 결정을 본 적이 없다. 이 지역은 눈 결정의 종류도 매우 다양하다. 일반적으로 대표적인 눈 결정 모양으로 알려진 육화형六花形에 속하는 형태뿐 아니라 잘 알려져 있지 않은 수지상樹枝狀결정 중 가지가 입체적으로 뻗은 것, 그리고 희귀한 각주상角柱狀결정, 장구형결정도 볼 수 있다. 올 2월에는 침상결정만 30분 동안 줄기차게 내린 적도 있었다. 그리고 지금까지 문헌상으로 전혀 알려지지 않았던 전면佃面결정이라는 신기한 모양도 수차례 관측할 수 있었다.

도카치다케산은 기온도 눈 관찰에 더할 나위 없이 좋

우키치로가 촬영한 육화형결정.

다. 한겨울에는 거의 규칙적으로 최저 섭씨 영하 15도에서 최고 영하 10도 정도로 기온차가 매우 적기 때문에, 몸이 그 기온에 익숙해져 작업이 한결 수월하다. 언뜻 생각하기에 영하 10도면 작업하기가 무척 고될 것 같지만 직접 경험해보면 이 정도 추위가 눈 연구에는 딱 좋은 기온임을 알 수 있다. 나도 추위에 강한 사람은 아니지만 이상하게도 이 하쿠긴소에서 나흘, 닷새 연구를 계속하면 아침부터 자정까지 밖에 서서 일을 해도 추위를 그다지 심하게 느끼지 못한다. 물론 한 시간 간격으로 집에 들어가 몸을 녹이고 나오기는 하지만 그래도 신기한 일이다. 난방시설이 없으면 몸이 자연에 적응하기 마련이지만 이런 때도 기온 변화가 적으면 훨씬 더 유리하다. 또 영하 10도 정도 되면 눈이 녹을 염려가 없기 때문에 눈 결정을 마음 놓고 만지고 자르며 연구할 수 있다. 작년 겨울에는 결정 하나를 이리저리로 끌어당겨보는 간단한 실험을 통해 핵 두 개로 이루어진 결정의 존재를 발견해 오래전부터 풀리지 않던 삼화형三花形·사화형四花形 결정의 형성 원리를 밝혀냈다. 하지만 이것도 잘 생각해보면 이곳에서가 아니었다면 불가능한 일이었을지 모른다.

도카치다케산엔 눈이 참 많이도 내린다. 겨우내 눈이 안 내리는 날이 거의 없다. 눈으로 뒤덮여 새하얘진 세상을 아침 해가 붉게 물들이는 맑은 날에도, 저녁 무렵이면 어김없이 아름다운 자태의 수지상결정 눈이 이슬비처럼 살포시 내려온다. 이런 때가 사진을 찍기에는 최적의 조건이라 밤늦게까지 작업이 계속되곤 한다.

파란 하늘이 보이는 기분 좋은 아침에는 일행 모두가 일찍부터 서둘러 빵을 준비하고 스키에 기름칠을 하며 산에 오를 채비를 한다. 모처럼 날이 개어 눈이 내리지 않는 날에는 후리코자와 부근까지 스키를 타고 나가기 때문이다. 유난히 화창한 날에는 산 정상까지 오르기도 한다. 이 나들이에 동참하겠다고 조수 노릇을 자처하는 학생도 있어 도카치에 올 때는 일손이 모자라는 법이 없다.

나들이에는 주인 노인장도 동행할 때가 많다. 설피*를 신으면 이 노인을 따라잡을 사람은 아무도 없지만, 스키는 탄 지 2년밖에 안 됐다고 하니 같이 탈 만한 실력이다. 노인은 평생을 눈으로 뒤덮인 산속에서 살아온 사람이다. 이야기를 듣고 있노라면 그가 눈 쌓인 산에서 조난당하는 일은 없을 거라는 생각이 든다. 재작년 겨울에도 개 가죽 한 장과 엽총 한 자루, 소금 한 되만 챙겨 12월부터 이듬해 2월 말까지 이 도카치연봉十勝連峯에서 히다카日高산맥에 이르

---

* 주로 산간지대에서 눈에 발이 빠지지 않도록 신 바닥에 대는 넓적한 덧신.

는 눈 쌓인 산봉우리를 혼자 돌아다니다 왔다고 한다. 이 노인에게는 기온이 영하 20도까지 떨어지는 눈 속에서 두 달씩 잠을 자는 일쯤은 아무렇지도 않은가 보다. 거기에는 놀랄 만한 비결이 있었는데, 역시 우리로서는 전혀 생각지 못한 자연의 원리를 이용한 것이었다.

눈더미 속에서 잠을 잘 때 가장 중요한 것은 모닥불 피우기다. 당연한 이야기이지만 엄동설한에 산속에서 모닥불을 피우기란 결코 쉬운 일이 아니다. 그런데 이 노인은 삼단 경사면 그늘로 우리를 데려가더니 설원에서 손쉽게 모닥불을 피우는 시범을 보여주었다. 사실 바람이 불지 않는 장소를 찾아 이 정도 모닥불만 피울 수 있다면 눈 덮인 산속에서 묵는다는 게 일반 생리학 상식에서 벗어나는 일도 아니다. 눈 덮인 산속에선 먹을거리와 함께 톱과 도끼, 성냥도 필수품이라는 사실을 노인은 몸소 겪어가며 깨쳤다.

더욱 놀라운 건 노인이 가능한 한 문명의 이기를 활용하고자 했다는 점이다. 그는 보온병이나 기압계 따위에 크게 관심을 보이며 사고 싶어했다. 그러다 바랐던 대로 보온병을 살 수 있게 되자 어린아이처럼 기뻐했다. 기상관측, 보온법, 기구를 다루는 법부터 토끼 사냥법, 산나물 요리법에 이르기까지 그가 하는 일마다 세심한 주의를 기울이지 않은 구석이 없었다. 이렇게 몸소 겪어보고 얻은 지식으로

도카치다케산.

무장한 사람이 함께해준 덕분에 산 생활이 초짜인 우리 일행도 안전하게 지낼 수 있었다.

올해도 첫눈이 내리는 창밖을 보며 도카치에서의 일과 노인이 생각났다. 눈 결정 연구에도 여전히 부족한 부분이 많다. 특히 가루눈 결정 구조 연구를 완수하려면 아직 겨울을 한 번은 더 나야 한다. 그 외에 지난겨울부터 연구하기 시작한 스키 활주 원리에 관한 연구를 끝마치기 위해서라도 도카치는 꼭 다녀와야 할 곳 중 하나다. 그러니 앞으로 몇 년은 겨울이면 도카치에 다녀와야 할 듯싶다. 크리스마스트리 같은 도카치의 침엽수들을 만날 수 있는 것도, 벽난로 앞에서 캄차카반도까지 두 발로 걸어 다녀온 노인의 무용담을 듣는 것도 무척이나 재미있는 일이다.

1935년 12월

눈 만들기

이번 장은 자연에서만 볼 수 있는 아름답고 섬세한 눈 결정을 실험실에서 인공적으로 만들어낸 과정에 관한 이야기다. 섭씨 영하 30도 저온 실험실에서 인공으로 만든 육화형 눈 결정을 현미경으로 들여다보며 지내는 생활이라니, 늦더위로 고생하는 사람들에게는 부러운 얘기로 들릴지 모른다.

눈 결정 연구를 시작한 지 벌써 5년이나 지났지만, 처박아두었던 현미경을 툇마루로 가지고 나와 난생처음 완전한 눈 결정 모양을 보았을 때의 감동은 좀처럼 잊히지 않는다. 수정 바늘이 모여 이뤄진 듯한 눈 결정의 정교한 형태는 교과서에서 보았던 현미경 사진과는 차원이 달랐다. 흐트러짐 없는 결정 모체, 날카로운 윤곽, 그 안에 박힌 다양한 꽃 모양, 그 어떤 탁한 색도 섞여들지 않은 완벽한 투

눈 결정 모양을 최초로 발견한 윌슨 벤틀리가 촬영한
육화형결정(위)과 장구형결정.

명체인 눈 결정은 무엇과도 비교할 수 없을 만큼 아름답다.

그렇게 처음 눈 결정을 관찰한 후 매일같이 현미경만 들여다보며 지내던 중, 문득 이토록 아름다운 눈 결정이 많고도 많은데 눈앞에서 금방 사라져버린다는 게 아쉬워졌다. 실험실에서 언제든지 눈 결정을 만들어낼 수 있다면 눈이 생성되는 조건을 밝히는 연구와 별개로 흥미진진한 일이 될 것 같았다.

어쨌거나 눈 결정은 매우 낮은 온도의 대기 중에서 수증기가 응결되며 만들어지니까, 그 원리를 그대로 구현하기만 하면 될 터였다. 처음에는 동판으로 약 1미터 길이의 원통을 만들어 차갑게 얼린 다음 위에서 수증기를 불어넣어보았다. 그러나 이것만으론 좀처럼 눈이 만들어지지 않았다. 실험을 거듭하는 사이 첫 겨울이 지났다. 이듬해 겨울에는 더 작은 구리 상자를 만들고 내부를 액체공기로 영하 20도까지 냉각시킨 다음, 그 위로 따뜻한 수증기를 흘려보내보았다. 완전한 육화형결정을 만들겠다는 생각은 일단 접더라도, 눈 결정 가지 몇 가닥이나마 생성시켜볼 요량이었다. 그러나 추운 아침 유리창에 얼어붙은 서리꽃 같은 것만 만들어질 뿐, 눈 결정은 좀처럼 형성되지 않았다. 그렇게 두 번째 겨울도 지나버렸다.

그 무렵부터 다니기 시작한 도카치다케산에서의 경험과

실험실에서의 거듭된 실패로, 역시 대기 중에서 자연적으로 만들어지는 눈을 인공적으로 만들어내기란 무척 어려운 일이라는 생각이 들었다. 도카치다케산 중턱에서는 삿포로 등지에서보다 더 정밀한 눈 결정을 볼 수 있었다. 그 종류도 무궁무진하여 생각지도 못한 신비로운 모양도 얼마든지 있었다.

육각기둥 모양의 결정은 물론 북극 탐험 때 처음 발견되었다는 피라미드 모양의 결정도 여러 차례 발견되었다. 때로는 결정의 각기둥 양 끝에 육화형 꽃이 피어 장구 모양이 되었는가 하면, 그것이 여러 층을 이루어 옛날에 타던 복엽기複葉機* 모양을 한 눈도 보였다. 이런 눈 결정이 산 전체를 뒤덮는 날도 있었다. 눈 결정을 보며 살다 보니 자연의 신비에 압도되어 이걸 인공적으로 만들겠다는 의도를 품는 것조차 어쩐지 자연에 대한 모독처럼 느껴지기 시작했다.

세 번째 겨울에도 무의식적으로 전과 똑같은 실험만을 반복하던 차였다. 그러다 문득 아이디어가 떠올랐다. 냉각시킨 동판을 반대로 위에 놓고 그 밑에 물이 담긴 그릇을 놓아보았다. 수면에서 증발한 수증기가 자연적인 대류 현상으로 위로 올라가 동판 표면에서 응결되기 시작했다. 그

* 동체 아래위로 두 개의 앞날개가 있는 비행기.

리고 잠시 뒤, 동판 표면에서 반짝거리는 하얀 가루가 떨어져 내리기 시작하는 것이었다. 현미경으로 보니 자연적으로 생성된 눈 결정의 반쪽과 같은 모양이었다. 왜 더 빨리 깨닫지 못했을까? 수증기가 적당히 골고루 결정에 가 붙게 하는 데는 자연의 대류 현상을 이용하는 게 가장 좋은 방법이라는 사실은 생각해보면 지극히 간단한 원리인데 말이다. 자연에서 하늘은 위, 땅은 아래로 정해져 있다. 그러나 물리학뿐 아니라 다른 모든 과학 연구에서는 아래 있는 물건의 위치를 바꿔 위로 가게 하거나 누워 있는 것을 세우는 게 의외로 어려울 때가 많다.

네 번째로 맞이한 겨울에는 전해의 성공적인 실험 결과에 힘입어 똑같은 방법으로 실험을 다시 진행해보았다. 하지만 이렇게 만들어낸 결정도 자연에서 생성된 결정처럼 아름답지는 않았다. 물론 이 역시 당연한 결과로, 자연에서는 주변 공기도 차갑거니와 대류와 복사의 작용으로 열이 제거되기 때문에 눈 결정이 성장할 수 있다. 이 조건을 구현하는 가장 간단한 방법은 실험실 전체를 저온으로 만드는 것이다. 하늘에는 동판이 없다는 사실을 깨닫는 데 또 1년이 걸린 셈이다. 그래서 애당초 생각했던 평범하기 짝이 없는 방식을 시도해보기로 했다. 바로 자연에서 눈이 생겨나는 과정을 그대로 흉내 내보는 것이다.

그렇게 올봄부터 내가 일하는 홋카이도대학에 온도가 영하 50도까지 떨어지는 저온 실험실을 만들었다. 그 안에서 수증기의 자연 대류를 이용해 실험해본 결과 간단하게 자연에서 만들어진 것처럼 아름다운 반쪽짜리 눈 결정을 만들 수 있었다. 결정이 반쪽인 이유는 금속이나 나무 표면에 응결시켜 만들었기 때문이다. 그래서 진짜 눈 결정처럼 여섯 가닥 가지가 형성되는 게 아니라 두세 가닥만 형성된다. 결정형만 생각하면 두세 가닥만 있는 편이 더 낫지만 자연에서 생겨난 육화형결정과 똑같은 형태를 꼭 만들어보고 싶단 소망에 조교 S 군의 도움을 받아 동물 털을 이용해 육화형결정을 만들어보기로 했다.

이삼일 후, 눈이 만들어졌다는 그의 연락을 받고 서둘러 저온실로 향했다. 가서 보니, 토끼털 *끄트*머리에 정말 육화형결정이 하얗게 생겨나 있었다. 현미경으로 들여다보니 자연에서 보는 눈 결정보다 더 완벽했다.

여기까지 왔으니 이제부턴 실험을 순조롭게 진행하는 일만 남았다. 물 온도를 바꿔가며 수증기량을 조절하면 각기 다른 형태의 결정을 얻을 수 있다. 가령 수증기를 많이 공급하면 정교한 깃털 모양이 되고, 보통으로 하면 각판角板*

---

* 모가 난 널판.

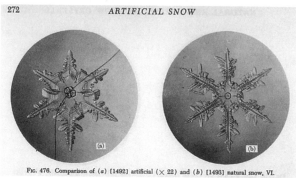

Fɪɢ. 476. Comparison of (*a*) [1492] artificial ($\times$ 22) and (*b*) [1493] natural snow, VI.

제설장치 앞에서 인공 눈을 만드는 우키치로와
그가 만든 인공 눈(a).

모양이 된다. 반대로 수증기량을 확 줄이면 조금씩 각주상 결정이나 피라미드형 결정이 만들어진다. 육각형의 각 변에 깃털 모양 가지가 달린 결정은 자연에선 흔히 볼 수 있는 형태이지만, 인공적으로 만들려면 먼저 각판을 만든 다음 수온을 높여 깃털 모양 가지가 생성되게 해야 한다. 희귀한 장구형결정이라도 만들어지는 날에는 침침한 저온실에서 손가락이 꽁꽁 얼어붙어도 얼굴에 웃음기가 가시질 않는다. 여기서 재미있는 사실은 이렇게 해서 만들어진 결정은 대부분 그 크기도 자연의 눈과 같다는 것. 손바닥만 한 크기로 눈을 만들어보려고 해도 잘 만들어지지 않는다.

실험을 하며 가장 힘들었던 건, 따라주지 않는 체력이었다. 바깥 온도가 높아지면 50도 이상의 심한 온도 차이를 몇 시간씩 버티기가 참으로 고되었다. 그래서 직접 진행하는 건 일찌감치 포기하고 젊고 건강한 조교와 학생들에게 실험을 맡겼다.

눈 결정 연구는 무척 재미있지만 지독하게 춥다는 게 단점이다. 팔월의 무더위로 고생하는 사람들에겐 부러움을 살 수도 있지만 사실상 그렇게 쉬운 실험은 아니다.

1936년 9월

저온실 이야기

1.

제목은 확실히 기억나지 않지만 스기무라 소진칸杉村楚人
冠* 선생이 쓴 수필에 이런 이야기가 있었다.

그가 아주 오래전 한 시골 마을에 강연을 하러 간 적이
있었더랬다. 청중은 대부분 평범한 농민이었다.

강연이 다 끝나고 돌아갈 무렵 주최 측에서 달걀이 가
득 담긴 커다란 바구니를 선물했다. 옛날에는 달걀이 집
집마다 흔했기 때문에 그는 처치 곤란이라고 생각했지만
그래도 이분들의 호의이려니 생각하고 전부 가지고 돌아
갔다.

---

* 1872~1945, 일본의 수필가, 시인, 언론인으로 『아사히신문』에 몸담고 여러
  저널리즘 관련 저서를 남겼다.

그런데 집에 돌아가 달걀을 먹으려고 하니 알알이 이름이 쓰여 있는 게 아닌가. 강연을 들은 농민들이 고마운 마음을 전하겠다고 저마다 집에서 한두 알씩을 챙겨 온 것이었다.

소진칸 선생은 매일 그 달걀을 먹을 때마다 행복했을 것이다.

그의 일화처럼 나도 기억에 남는 감사 편지를 받은 적이 있다. 요즘 같은 여름 휴가철이 되면 각지에서 이런저런 분들이 내가 연구를 하는 저온실에 견학을 온다. 실험 결과나 시설에 대한 설명을 해주어야 하니 조금 피곤하기는 하지만, 이것도 일이니까 최대한 짬을 내 안내를 해주고 있다.

그러면 방문객들은 돌아가서 타자기로 치거나 직접 쓴 감사 편지를 보내 온다. 타자기로 작성한 편지는 공직에 있는 사람들이 주로 보내고, 손 편지는 생산직에 종사하는 분들이 비서를 시켜 대필해 보내곤 한다. 하지만 업무에 치여 감사 편지가 와도 무심히 넘겨버릴 때가 많다. 그래도 보내는 입장에선 견학이나 출장을 마무리 짓는다는 의미가 있으니 안 보내고 넘길 수도 없는 노릇이다.

물론 형식적인 편지가 아니라 직접 느낀 소감을 정성껏 자세히 적어 보내주는 분도 있다. 그런 분에게는 그저 감사

할 따름이다.

요전엔 늘 받던 편지와 사뭇 다른 편지를 받고 무척 재미있게 읽은 적이 있다. 도쿄의 어느 여학교에 다니는 학생들이 보내 온 편지인데, 편지지 한 장에 열다섯 명 정도가 각자 두세 줄씩 감사 인사나 소감을 빼곡히 써 내려간 두 장짜리 편지였다. 글씨가 깨알같이 작아서 안경을 쓰고 하나씩 자세히 읽어보았다.

저마다 내용을 달리해 중복되지 않게끔 이래저래 고심하며 쓴 흔적이 엿보여 무척 재미있었다. 그럴싸한 내용은 앞쪽 사람들이 다 써버리는 바람에 뒤쪽에 쓰는 사람들은 다른 내용으로 어렵게 바꿔 쓰거나 아예 포기해버린 듯했다. 엽서를 읽어 내려가다 보니 문득 소진칸 선생의 달걀 이야기가 떠올랐다. 연구 생활 중에도 이렇게 뜻밖의 선물을 받게 되는 날이 있는 모양이다.

해마다 홋카이도대학 교정의 느릅나무에서 뻐꾸기가 지저귀는 유월이면 도쿄에 있는 중고등학교에서는 삿포로로 수학여행을 온다. 그리고 조금 지나면 어느새 여름 휴가철이 되어 삿포로의 선선한 여름을 본격적으로 즐길 수 있다. 하지만 우리 연구실은 그때부터 바빠진다.

저온실 내부 온도는 보통 섭씨 영하 30도 정도로 유지되니까, 그 안에서 일하는 사람에겐 삿포로든 도쿄든 별반 차이가 없다고 생각할 수도 있다. 하지만 실제로는 큰 차이가 있다. 도쿄의 여름 날씨 같아선 지금처럼 저온실 생활을 할 수 없을 것이다. 바깥 온도와 실내 온도의 차이가 크면 클수록 몸에 무리가 가기 때문에 삿포로에서도 겨울보다 여름이 체력적으로 더 힘에 부친다.

지금까지는 저온실 방문객들에게 방한복을 철저히 갖춰 입도록 했지만, 방한복으로 꽁꽁 싸매면 10분 20분 정도 들어갔다 오는 것만으로는 추위를 제대로 체험할 수 없다. 연구실 직원들은 이미 한기에 익숙해져 있어서 10분 정도는 평상복으로도 들어가 있을 수 있다. 그래서 조금 짓궂기는 하지만 요즘에는 방문객들에게 방한복을 입지 말고 들어가보라고 하고 있다. 그러고 10분 정도만 지나면 "역시 엄청 춥네요"라면서 다들 몸을 바싹 움츠린 채 나와버린다.

한여름 도쿄의 불볕더위를 피해 이곳을 찾은 방문객들은 처음엔 저온실에서 일하는 우릴 부러워하지만 방한복을 입지 않고 한 번만 들어갔다 나오면 "좋지만도 않네요"라고 입을 모은다. 그때마다 "그걸 느껴보시라고 들여보낸 저희 계략이죠"라고 답하면 방문객들은 그저 쓴웃음을 짓는다.

2.

요즘 저온 연구실은 한창 바쁘다.

곧 여름 휴가철이 다가오고 교내 느릅나무와 잔디가 짙은 녹색으로 변해가면 예년처럼 도쿄 학생들이 수학여행을 온다. 그리고 그 시기가 조금 지나면 휴가철을 맞아 이런저런 학회가 열린다. 최근에는 홋카이도에서 여름철에 학회를 여는 게 유행처럼 되어 해마다 두세 개의 학회가 열린다.

수학여행을 온 학생들이나 학회 때문에 홋카이도를 방문한 연구원들은 이따금 저온실을 견학하러 온다. 여름철에 눈을 본다는 게 신기해서 오는지도 모르지만 직접 체험해보면 저온실을 쉽게 이해할 수 있기 때문이기도 할 것이다.

지금까지는 저온실 내부도 붐비지 않고 여유가 있어서 가능한 한 방문객들이 직접 둘러보고 영하 35도의 극한 추위를 체험해볼 수 있도록 해왔지만, 요즘에는 저온실이 북적거려서 여유 공간이 없어졌다.

저온실 연구가 건강에 안 좋기는 하지만 흥미진진한 실험을 할 수 있단 이유로 많은 연구원이 이곳에서 실험을 하고 싶어한 까닭이다.

저온실의 규모는 네 평 정도다. 옆에는 그 절반 크기쯤 되는 보조실이 붙어 있는데, 저온실은 1년 내내 최저 영하 55도를 넘지 않는 선에서 임의의 온도를 유지하게 되어 있고, 보조실은 최저 영하 30도 내로 유지된다. 저온실에 들어갈 때는 보조실을 거치게 되어 있다. 거의 대부분의 실험은 저온실이 영하 35도, 보조실이 영하 15도 정도일 때 이루어진다. 특히 여름에는 온도를 그 이하로 떨어뜨리면 체력적으로 힘들기 때문에 영하 40도 이하로는 떨어지지 않게끔 관리한다.

지금은 이 두 방에서 여덟 건이나 되는 실험이 이루어지고 있다. 좁은 실험실에서 이렇게 많은 실험이 진행되다 보니 잠수함 안에서 일하는 기분이다. 자세한 풍경을 설명하자면 이렇다.

우선 거의 모든 실험이 이루어지는 저온실은 공간이 네 평으로 협소하다 보니 실험대를 배치하기가 어렵다. 이런저런 방향으로 놓아보았지만 결국에는 가장 평범한 위치에 자리를 잡았다. 가운데 한 평 남짓한 공간을 두고 사방의 벽을 따라 실험대를 배치한 것이다.

먼저 묵직한 단열문을 열면 뒤쪽 작은 공간에 테이블이 하나 놓여 있다. 그 위에는 사각형 모양으로 자른 돌과 벽돌이 잔뜩 쌓여 있다. 공대에서 진행하는 실험을 위한 것으로 돌이나 벽돌을 물에 적셔 저온실로 갖고 들어온 다음 어떤 것이 얼어서 갈라지는지를 관찰한다고 한다.

이 실험은 거의 저장 실험이기 때문에 테이블 위 공간이 빈다. 그래서 테이블에서 150센티미터 정도 위에 튼튼한 선반을 설치해 항온기*를 올려놓는다. 거기에는 각종 흙이 담긴 유리그릇이 있는데, 열전대**를 이용해 토양의 빙점이 떨어지는 것을 측정한다. 이것은 동상凍上(겨울철 심한 추위로 땅이 얼어서 위로 부풀어 오르는 현상) 연구의 일환이다. 바깥에서 얼어 있는 깊이까지 땅을 파보면 첫 번째 층엔 토양 사이로 얇은 빙판이 여러 겹 형성되어 있는데, 빙판 사이에 낀 흙은 아직 얼지 않았을 때가 많다. 그래서 토양에서 빙판이 동결되어 분리 석출되는 현상을 연구하기 위해서는 토양의 빙점 강하를 측정해놓아야 한다. I 군이 이 일을 맡아서 한다.

이 테이블 옆으로는 벽 절반을 차지하는 180센티미터 길이의 실험대가 놓여 있다. 의대에서 설치한 실험대로, 토끼나 쥐 같은 실험동물이 있는 케이지가 놓여 있다. 동사凍死의 생리학적 연구 등이 진행되기 때문에 때로는 해부도

---

* 온도 조절기를 이용하여 내부의 온도를 자동적으로 일정하게 유지하도록 만든 기구.

** 두 가지 금속을 고리 모양으로 접합하여 접점 사이의 온도 차로 열기전력을 일으키게 하는 장치.

이루어진다. 동물들이 불쌍하기는 하지만 연구를 위해서는 어쩔 수 없는 일이다.

그 옆 벽면에는 1미터가 조금 안 되는 두 개의 실험대가 놓여 있다. 하나는 I 군이 동토의 열전도도를 측정하는 데 사용한다. 차지하는 면적을 최대한 줄여야 하기 때문에 실험대 위에는 가로세로 10센티미터 정도의 동토 블록만 놓여 있다. 그 위에 전열판을 놓고 온도를 높였다 낮췄다 반복하면서 내부의 온도 변화를 열전대로 측정하는 것이다. 사인 곡선 형태로 열을 가하기 위해서는 전압 조정기를 캠*으로 서서히 회전시켜 사인의 제곱근에 비례하는 전류를 흘려보내야 하는데, 실험에 사용하는 모든 장치는 저온실 바깥 복도에 있다.

전류가 사인의 제곱근에 비례하기 때문에, 발생하는 열도 사인 곡선과 일치한다. 그 열을 동토 위쪽 면에 가하면 시간이 지나면서 표면 온도가 사인 곡선을 따라 변화하고, 그 열은 전도도에 맞춰 〔온도 변화보다는〕 조금 늦게 동토 내부로 전달되는데, 이때 동토 내부의 온도 변화를 측정하면 전도도를 알 수 있다.

다른 테이블에서는 A 군이 동결에 의한 젖은 흙의 수축

* 회전운동을 왕복운동, 요동운동 따위로 바꾸는 기계 장치.

과 팽창을 측정 중이다. 동상 때문에 흙이 얼면 당연히 그 부분이 팽창한다는 사실은 잘 알려져 있다. 하지만 팽창은 찬바람이 들어오는 방향, 보통은 위쪽 방향으로만 일어나기 때문에 측면에서는 수축이 일어난다. 실험에선 가로 30센티미터에 세로 20센티미터쯤 되는 토양 블록을 얼리고 좌우 측면에 작은 판을 집어넣어 그 움직임을 현미경으로 관찰한다. 그리고 원통형 드럼에 부착한 인화지에 움직임을 기록한다. 못해도 하루 이상, 보통 이삼일은 걸려야흙이 어는데 사람이 그 기간 동안 꼬박 저온실에 들어가 있기는 어렵다. 그래서 자동으로 인화지에 기록되도록 하는 수밖에 없다. 인화지를 사용하려면 저온실 한쪽 구석에 간이 암실까지 만드는 번거로움도 감수해야 한다.

그다음 벽면에는 인공 눈을 연구하는 실험대가 있다. 이쪽 작업은 마무리 단계에 있는데, H 군이 눈 결정마다 그것이 생성되는 외적 조건, 즉 기온과 수증기의 과포화 정도 등을 확인하는 일을 한다.

장비는 외부 온도의 영향을 받지 않도록 전부 항온기에 넣어 사용한다. 자동온도조절기라고도 불리는 이 항온기는 각종 실험에 유용하게 사용되는데, 전류를 조절하여 일정한 온도를 유지할 수 있게 해준다. 예를 들면 실내 온도가 영하 32도에서 35도 사이를 왔다 갔다 할 때, 영하 28도로 일정하게 유지할 수 있게끔 해주는 것이다. 이걸 두고 저온실 전체 온도를 일정하게 유지하자는 의견도 있지만 그건 실행에 옮기기 어렵다. 그럴 예산이 있으면 그 100분의 1쯤 드는 돈으로 항온기를 마련하는 편이 낫지 않을까 싶다.

눈 결정이 각각 어떤 외적 조건에서 만들어지는지 확인하는 작업은 사실 공이 많이 드는 일이다. 만들어지는 조건은 쉽게 확인할 수 있지만 만들어지지 않는 조건을 확인하기란 매우 어렵기 때문이다. 가령 고사리나 고비 같은 양치식물 형태의 결정은 기온이 일정 범위를 벗어나면 다른 조건에 아무리 다양한 변화를 줘봐도 눈 결정이 만들어지지 않는다. 이걸 확인하는 데 무려 300회가 넘는 실험이 필요했다. 그래서 지금은 침상결정에 대해서만 알아보고 있다. 이 상태에서 10여 종의 모든 결정형을 조사한다고 생각하면 머릿속이 어찔하지만 그렇다고 조사를 안 할 수도 없는 노릇이다. 향후 결정을 단일 형태로 만드는 조건이 발견된다면 이런 일도 헛수고가 되겠지만 한 번쯤은 그렇게 됐으면 하는 바람도 있다.

일상적으로 실험을 진행할 때도 주의를 기울이면 여러 새로운 현상을 발견할 수 있다. 그중 하나가 초미세 물방울에 관한 것이다. 보통 대기 중에 있는 구름 입자나 안개 입자는 지름 0.03밀리미터 정도의 미세 물방울로 이른바 '안정적인' 물방울이다. 그런 물방울이 눈 결정에 달라붙으면 그 모양 그대로 얼어붙어 구름입자결정이 된다. 이것을 인공적으로 만들어도 똑같다. 하지만 과포화 수증기가 차가운 공기와 섞이면 지름이 0.001밀리미터밖에 안 되는 초미세 물방울이 생긴다. 재미있는 것은 이런 종류의 초미세 물방울이 눈 결정의 표면에 달라붙으면 그 순간 결정 표면으로 넓게 퍼지면서 결정이 투명한 얼음으로 변한다는 것이다. 즉 구름입자가 붙은 결정이 되지 않고 수증기가 승화작용으로 응축된 것과 같은 결과가 되는 것이다. 이 초미세 물방울은 처음에 구형이었다는 점에선 액체라고 할 수 있지만 응축될 땐 기체와 완전히 똑같이 움직인다. H 군은 이렇듯 초미세 물방울이라는 새로운 현상을 만나 연구에 난항을 겪고 있다.

이제 마지막으로 남은 벽면에는 폭이 45센티미터 정도 되는 실험대가 어찌 저찌 놓여 있다. Y 군은 거기서 번개가 발생하는 원인을 연구한다.

그의 연구도 상당히 재미있다. 벌써 두 해 전 일이지만 영국의 기상물리학자 조지 심프슨이 기구를 띄워 뇌운 상단부의 전압 경사를 측정한 결과를 발표했다. 그에 따르면 뇌운에서 주로 전하 분리가 일어나는 위치는 의외로 기온이 낮은 꼭대기 부분으로 한여름에도 영하 10도에서 20도

얼음 결정.

밖에 되지 않는 곳이다. 그렇다고 하면 물방울 분열에 의해 전기가 생길 수 있는 가능성은 일단 배제된 셈이니 결국 눈이나 얼음 입자의 문제가 된다. 그래서 저온실에서 번개가 발생하는 이유를 연구하게 된 것이다.

이 연구에서는 가장 먼저 마찰전기에 대해 조사해보아야 한다. 일반적으로 분체* 마찰전기를 연구하는 것은 매우 손이 많이 가는 일이기 때문에 다른 분체 연구처럼 이 분야도 연구가 많이 이루어지지 않은 상태다.

Y 군이 이 일을 맡아 저온실 천장 냉각관에 붙어 있는 서리 결정이나 얼음을 톱질해 가루로 만든 다음 여러 방향으로 날리거나 떨어뜨린다. 그리고 그것을 패러데이 케이지Faraday cage(대전체의 전기량을 측정하는 금속 기구)에 받아 전기량을 측정한다.

처음에는 전하 분리가 활발히 이루어졌지만, 시간이 지나도 좀처럼 실험에 진척이 없었다. 그래도 인내심을 갖고 꾸준히 실험한 결과 얼음 입자의 온도 차이와 크기 차이 등이 전하 분리를 결정하는 요소임을 발견했다. 예를 들어 영하 15도의 얼음 입자와 영하 30도의 얼음 입자가 만나면 차가운 쪽이 전기를 일으키는 것으로 나타났다. 크기도 마

---

* 고체 입자가 많이 모여 있는 상태의 물체를 통틀어 이르는 말.

찬가지다. 그런데 그 외에 결정형도 상당히 중요한 요인이라는 것이 밝혀졌다. 그러니 앞으로의 연구가 더욱 중요할 것이다.

이 작업에서 재미있는 점은 용기에 관한 것이다. 얼음 입자가 다른 물질과 접촉하면 전하 분리 현상이 일어나 결과가 뒤죽박죽이 되어버린다. 그래서 Y 군은 비커나 접시 등을 전부 얼음으로 만들어 사용한다. 저온실 안은 1년 내내 영하 20도 이하로 유지되기 때문에 얼음 용기가 녹을 염려는 없다. 번개가 발생하는 원인을 확실히 밝혀내는 날이 온다면 이 얼음 컵에 포도주를 따라 건배 정도는 해줘야 하지 않을까?

저온실 내 실험 장비 배치는 거의 다 끝났다. 그 밖에 인공 눈 현미경 사진 촬영 장비는 실험대 틈새에 배치했는가 하면, 높은 곳에 선반을 달고 그 위에 식물 종자들을 저장하는 등 네 평 남짓한 실험실 공간을 알뜰하게 사용하고 있다. 식물 종자는 영하 35도에서 몇 달씩 보관한 다음 발아율이나 추위에 대한 저항력 등을 조사한다고 한다.

보조실은 통로가 반을 차지하여 남은 공간에 항온기 두 개를 갖다놓았다. 그중 하나에선 M 군이 인공적으로 동상 현상을 만들고 있고, 다른 하나에서는 I 군이 저온용 습도계 실험에 착수하려 한다. M 군이 하는 일은 겨울 훗카이도 각지의 동상 현장에서 퍼 온 다양한 토양으로 자연에서 일어나는 여러 동상 현상을 재현하는 작업이다.

이 연구들만으로도 공간이 거의 가득 차버려서 저온실은 맨 안쪽 벽면만 비어 있는 상태다. 거기에는 5단짜리 좁은 선반을 만들어 달고 각종 세균이 들어 있는 시험관을 나란히 세워두었다. 결핵균이나 콜레라균 같은 무서운 균이 득시글거리니 처음에는 인상이 찌푸려지기 일쑤였지만, 이제는 매일 보다 보니 익숙해져서 아무렇지도 않다. 이건 의대에서 진행하는 연구다.

저온실은 이렇게 포화 상태다. 협소한 공간에서 많은 실험이 진행되는 게 아무래도 무리여서 조만간 확장 공사가 이루어질 것 같다. 그때가 되면 이런 모습도 다 소중한 옛날이야기로 추억될 테니 열악한 지금 모습을 기록해두고 싶었다.

쓰다 보니 아직 결론이 나지도 않은 연구를 마구 떠벌린 것 같아 부끄럽긴 하지만 나중에 어느 것 하나 제대로 완수하지 못하게 된대도 〔그것대로〕 더 재미있는 이야깃거리가 되지 않을까 한다.

1940년 7월

남극, 북극,
열대지방의 눈

지난가을이었던가? 문부성 남극 관측 본부에서 남극 월동 연구대 대장 니시보리 에이자부로西堀栄三郎 씨가 작성한 장문의 전보를 전해 왔다. 눈의 결정형에 관한 질문이었다.

이번에 나온 니시보리 씨의 책『남극 월동기南極越冬記』를 읽고 나서야 알게 되었는데, 그는 예전에 이와나미서점에서 출간된 내 책『눈의 연구雪の研究』를 남극까지 가지고 가서 월동 중에 그 책을 참고해가며 남극의 눈 결정을 연구한 모양이었다. 그는 책에 실린 결정형 사진을 하나하나 언급하며 질문을 던졌다.

니시보리 씨가 질문한 결정 중에는 포탄집합형砲彈集合形이란 것이 있다. 수정 같은 눈 결정이 여러 개 모여 결합체를 이룬 형태다. 끝이 뾰족하게 모여 포탄 같은 모양을 하

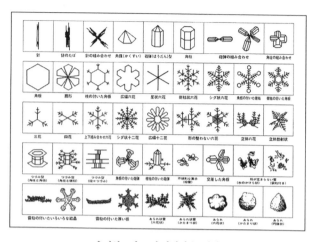

우키치로가 그린 다양한 눈 결정.

고 있고 단면은 육각형이다. 이 결정은 단독으로 내리는 경우는 드물고 대부분 서너 개에서 너덧 개 정도가 서로 붙어서 내린다. 단독형이든 집합형이든 안쪽에 빈 공간이 만들어져 있다는 공통점이 있다. 간단하게 속이 비어 있다고 생각하면 된다.

포탄집합형에도 여러 종류가 있다. 속에 빈 공간이 많지 않아 전체가 거의 단단한 얼음으로 되어 있는 형태가 있는가 하면, 속이 거의 비어서 얇은 얼음판을 육각형으로 구부린 모양을 한 채 뾰족한 끝부분만 얼음으로 되어 있는 형태가 있다.

전자는 기온이 낮고 수증기량이 적을 때 형성되는데,

이런 형태의 생성 조건은 인공 눈 실험에서 밝혀졌지만 후자는 아직 생성 조건을 밝혀내지 못했다. 그런데 니시보리 씨가 이에 관해 물은 것이다. 문부성으로 가서 답장을 보내긴 했지만, 실은 나도 잘 모르기 때문에 명확한 답을 주진 못했다.

올봄 일본으로 돌아온 니시보리 씨가 삿포로에 있는 내 연구실을 직접 찾아와서 〔남극엔〕 유성 먼지가 다른 지방보다 훨씬 더 많고, 눈 결정 종류는 홋카이도에서 관측한 것과 똑같다고 했다. 그는 겨우내 관측 준비를 하려고 남극에 간 것이라 연구 장비를 거의 챙겨 가지 않았던 까닭에 가지고 있던 물건들로 손수 장비를 만들어 다양한 연구를 했다면서 남극에 대한 이런저런 이야기를 들려주었다. 그렇게 귀국 후 바쁜 일정 중에도 두 시간이나 연구에 관한 이야기를 하다 돌아갔다. 그곳에서의 생활은 『남극 월동기』에도 자세히 나와 있지만 오랜만에 존 틴들(19세기 영국의 자연과학자)과 마이클 패러데이(19세기 영국의 화학자이자 물리학자) 시대로 돌아간 듯한 기분이 들어 무척 즐거웠다.

남극에서 관측된 눈 결정은 그 종류가 매우 다양했고 희귀한 형태도 다수 있었으나, 기본적으로는 홋카이도의 다이세쓰산大雪山이나 도카치다케산에서 관측된 것과 같은 종류였다고 한다. 당연한 일이라고 생각은 했지만 그래도 일단은 확실히 알아볼 필요가 있었다.

우리는 저온실에서 인공적으로 눈 결정을 만들어 특정한 결정의 생성 조건을 조사해왔다. 그 결과 결정의 다양한 모습은 기온과 수증기의 과포화도에 따라 정해진다는 것을 알 수 있었다. 때문에 기온과 수증기량이 같다면 남극에서도 홋카이도에서와 같은 결정이 만들어지는 게 당연하다. 하지만 그 반대로 말하는 편이 정확할 것이다. 남극에서도 홋카이도에서와 같은 결정을 얻을 수 있다면 우리의 인공 눈 실험이 맞았다는 결론을 내릴 수 있는 것이다. 이로써 다양한 결정형을 만드는 주된 요소는 기온과 수증기의 과포화도이므로 그 밖의 다른 요소는 중요하지 않다는 게 확실해졌다.

다른 요소로는 대기의 청정도를 생각해볼 수 있다. 보통 대기 중에는 응결핵이라고 불리는 아주 작은 먼지가 많다. 현미경으로도 잘 보이지 않는 초미립자인데, 이것이 구름 입자나 안개 입자의 중심이 된다. 응결핵은 공기 중에 무수히 많아서 시골의 깨끗한 공기를 측정해보아도 1세제곱센티미터당 1000개 정도가 존재한다. 대도시에서는 수십만 개까지도 나타난다.

눈 결정은 천차만별의 복잡한 모양을 하고 있다. 이는 결정 안에 있는 원자의 배열이 제각각 다르고 곳곳에 결함이 있기 때문이다. 또 대기 중에 무수히 존재하는 응결핵이 생성 중인 눈 결정에 달라붙으면 결함이 생겨 결정형에 변형이 발생할 가능성도 완전히 배제할 수는 없다.

반면 남극 같은 곳은 대기가 매우 깨끗하여 응결핵이 별로 존재하지 않을 것이다. 그러니 설령 결정형이 이곳과 다르다고 해도 이상한 일은 아니다.

사실은 우리도 이 점을 확실히 하기 위한 연구를 2년 전부터 해왔다. 전 세계에서 현재 가장 대기가 깨끗하다고 알려진 곳은 하와이 마우나로아산 정상과 그린란드다. 그래서 마우나로아산 정상과 그린란드에서도 눈 결정을 관측해보았더니, 남극에서와 마찬가지로 홋카이도에서 관측한 것과 똑같았다.

하와이는 열대지방에 속하지만 고산지대에선 눈이 내린다. 마우나로아산의 높이는 해발 약 4270미터로, 후지산보다도 610미터쯤 더 높다. 완만한 형태의 화산으로 산꼭대기에서 한 번씩 흘러나오는 용암이 산 정상을 중심으로 가나가와현보다도 더 넓은 면적을 까맣게 뒤덮고 있다. 이 용암 지역에는 풀 한 포기 나지 않는다. 당연히 곤충도 살지 않는다. 완전한 죽음의 세계인 것이다. 한겨울이면 산 정상엔 수차례 눈이 온다. 하와이섬 자체가 태평양 한가운데 있고 바닷바람의 영향도 4270미터 높이까지는 못 미치

마우나로아산의 용암.

기 때문에 산 정상의 공기는 매우 깨끗하다. 이곳의 응결핵 수를 측정해보면 1세제곱센티미터당 100개 정도밖에 안 된다. 평지의 10분의 1도 안 되는 수준이다.

한편 그린란드는 광활한 땅이다. 일부 해안을 제외하고는 섬 전체가 얼음 층으로 덮여 있는데 그 면적은 일본의 여섯 배 가까이 된다. 얼음 두께는 평균 2130미터에 달한다. 빙하 위에는 평평한 설원이 펼쳐져 있고, 일본의 여섯 배나 되는 드넓은 땅에서 검은 것이라곤 한 점도 찾을 수 없다. 풀도 나무도 곤충도 새도 아무것도 살지 않는 그야말로 새하얀 눈의 세계인 것이다. 그렇다 보니 공기도 매우 깨끗해서, 와이크맨 박사가 응결핵 수를 측정해본 결과 마우나로아산 정상에서 측정된 값보다도 더 적었다. 지금으로서는 지구상에서 공기가 가장 깨끗한 곳이다.

우리는 재작년 말부터 작년 초까지 마우나로아산 정상에 내린 눈을 세 차례 조사한 바 있다. 그리고 그린란드에는 지난여름과 올여름 두 번 방문해 다양한 눈 결정 사진을 찍어 왔다. 결과는 예상대로였다. 눈 결정의 종류는 대부분 『눈의 연구』에 수록되어 있다고 볼 수 있으며 모양의 변화는 기온과 수증기 과포화도라는 두 가지 요소로 결정된다는 사실이 확인되었다.

그러나 이건 형태적 분류에 관한 이야기일 뿐, 각각의

결정 모양만 본다면 당연히 그린란드에 특이한 눈 결정이 더 많다. 침상결정 수백 개가 모여 함박눈처럼 풍성한 눈송이가 내리기도 한다. 이것들도 다 사진으로 담아놓았기 때문에 『눈의 연구』 개정판이라도 내고 싶은 마음이지만, 하버드대학 출판부에서 출간된 영어판이 아직 많이 팔리지 않은 상태라 당분간은 낼 수가 없다.

아무래도 너무 많이 찍은 탓인 것 같다. 무려 5000부나 찍었다고 하니. 처음 그 이야기를 듣고 깜짝 놀라 "그렇게 수요가 많은 책이 아니라 손해를 보실 텐데요" 했더니, 출판사 측은 이렇게 답해 왔다. "장사는 저희가 합니다. 선생님은 걱정하지 마세요. 옛날에 나온 『벤틀리의 눈ベントレの雪』이란 〔벤틀리의 눈에 관한〕 책도 다 팔려서 지금은 한 권도 남아 있지 않습니다. 이 책도 한 20년 뒤에는 완판될 거예요." 일본의 출판업계와는 전혀 다른 환경이다.

좀더 이야기하자면 미국에서는 5000부의 인세를 전부 받는 것이 아니다. 이런 종류의 책은 매년 그해에 팔린 만큼만 인세를 지급하게 되어 있다. 하지만 일본에서는 보통 다 팔리지 않아도 인쇄한 부수만큼 인세를 지급한다. 저자 입장에서 고맙기는 하지만 부당하게 이득을 취하는 듯한 기분이 들 때도 있다. 책에 관련된 내용도 조금

쓰면 좋지 않을까 해서 사적인 이야기이지만 몇 자 적어
보았다.

1958년 12월

뇌수 雷獸

7월 11일 밤, 마에바시前橋에 큰 폭풍우가 있었다.

1년 전부터 진행해온 연구 사업인 번개 관측을 위해 이곳에 와 있었는데 때마침 고맙게도 폭풍우가 불어닥친 것이다.

나중에 신문을 통해 알게 된 일이지만, 그때 발생한 낙뢰로 큰 피해가 발생했다고 한다. 마에바시 시내 네 군데서 낙뢰가 발생해 인근 농가 한 채가 타버리고 심한 돌풍으로 지붕이 날아가버린 집도 두세 채 있었다고 한다.

3층 건물 옥상에 만들어놓은 우리 관측소도 비바람이 몰아치자 삐걱거리는 소리를 내기 시작했다. 숙소에서 저녁 식사를 겨우 마치고 관측소로 서둘러 돌아와보니 물바다가 돼버린 콘크리트 옥상 위로 장대비가 쏟아지고 있었다. 밖은 이미 어둑어둑 땅거미가 졌지만 그래도 사진을 찍기에는 괜찮았다.

처음에 하루나산榛名山과 아카기산赤誠山 사이에서 치던 번개는 그즈음 이미 마에바시 전역에 내리치며 쉴 새 없이 하늘에서 번쩍이고 있었다. 천둥 번개를 동반한 구름이 머리 바로 위에 있어 구름 모양을 제대로 확인할 수는 없었지만, 그 위에서 번개가 쉬지 않고 발생해 하늘이 번쩍번쩍 빛을 낼 때마다 검은 비구름 덩어리가 각기 다른 모양으로 보였다.

번개가 구름 속을 휘젓고 다녀 구름 전체가 밝게 빛나는 현상을 막전幕電이라고 한다. 이 막전은 끊임없이 변화하며 빛을 내는데 말하자면 빛의 연주라고 할 수 있다. 막전은 높낮이가 다양한 천둥소리의 연주와 하모니를 이루며 머리 위에서 울려 퍼진다.

빛과 소리의 연주를 배경 삼아 번쩍번쩍 빛나는 선 모양의 낙뢰가 구름 바닥에서 지상으로 내리꽂힌다. 처음엔 비구름이 다가오는 쪽에서만 번개가 보이다가 구름이 머리 위까지 오면 사방에서 빛기둥이 사정 없이 솟구친다. 번개는 구름과 구름 사이를 수평으로, 대각선으로 마구 누비며 돌아다닌다. 이 상태가 되면 당연히 천둥과 방전放電의 시간 차를 측정할 수 없게 되고 빛과 소리가 서로 뒤엉키

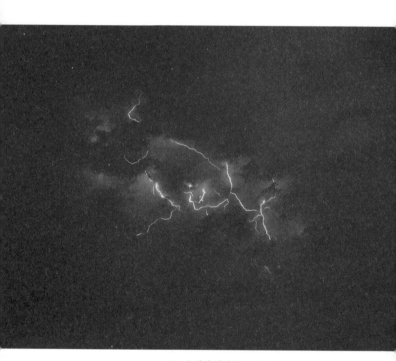

구름 속에서 번쩍이는 번개.

며 관측소 안도 전쟁터처럼 아수라장이 된다.

이 관측의 주된 목적은 고속 카메라와 일반 카메라로 동시에 번개를 촬영해 그 생성 원리를 알아내는 것이다. 이와 관련하여 해외에서는 벌써 연구가 이루어졌지만 일본에서는 아직 번개에 관한 자세한 조사가 없는 실정이다.

배질 숀랜드*는 10년 전부터 남아프리카 요하네스버그에서 번개를 연구해오고 있다. 그의 연구로 실제 번개는 실험실에서 볼 수 있는 보통의 전기 불꽃보다 훨씬 더 복잡한 과정을 거쳐 만들어진다는 게 밝혀졌다. 번개가 만들어지는 과정이 오히려 신비에 가깝다는 걸 알게 된 것이다.

번갯불電光이 발생하는 과정을 고속촬영해보면 하나의 불줄기에서도 수많은 변화가 일어나는 게 보인다. 먼저 선구방전先驅放電(선행방전)**이라고 불리는 불줄기가 구름 속에서 빠른 속도로 떨어져 내려온다. 그러고는 금방 사라지는데, 0.0001초도 지나지 않아서 또 다른 불줄기가 같은 경로로 내려온다. 이번에는 처음보다 조금 더 내려오다가 사라진다. 그리고 그다음 불줄기가 또 나타난다. 불줄기는 이

---

* 번개 연구로 잘 알려진 공학자로 제2차 세계대전 중 레이더 개발에도 참여했다.

** 뇌운에서 대지를 향해 뻗어 내려가는 방전. 보통 한 번에 방전하지 않고 수십~수백 미터를 진행했다 정지한 후 다시 진행하는 식으로 지그재그를 그리며 대지에 도달한다.

런 과정을 수십 번씩 반복하면서 지상에 다다른다. 선구방전 현상은 엄청난 속도로 진행되기 때문에 사진상에선 하나의 불줄기가 구름에서 지상까지 한 번에 떨어지는 것처럼 보일 때가 많다.

불줄기가 지상에 도달하는 순간, 빛의 속도에 가까운 강한 빛의 방전이 발생한다. 이 방전이 보통 낙뢰 현상으로 보이게 된다. 대부분의 번개는 육안으로는 하나처럼 보여도 100분의 몇 초 간격으로 같은 현상이 몇 번이고 반복되며 발생하는 것이라, 하나의 낙뢰가 완성되는 데는 약 0.1초가 걸린다고 보면 된다.

수많은 번갯불이 모여 하나의 낙뢰를 이룬다는 사실은 20세기 초반부터 밝혀졌지만 애초 구름에서 불줄기가 떨어져 내려온다는 사실은 숀랜드의 연구에서 처음 발견되며 전 세계 학자들을 깜짝 놀라게 했다.

처음 이 논문을 읽을 적에, 어렸을 때부터 들어온 뇌수 雷獸* 이야기가 떠올랐다. 뇌수 이야기도 민속학적으로 연구해보면 굉장히 다양한 종류와 변주가 있었을 것이다. 그러나 그중에서도 구름에서 떨어져 나온 불줄기 같은 것이 지상에 떨어지면 뇌수가 하늘로 치솟아 오른다는 이야기가 가

* 천둥과 같은 소리를 낸다고 전해지는 괴이한 짐승.

장 널리 퍼져 있다.

미신 타파 유의 과학 잡지를 보면 뇌수 이야기는 일종의 우스갯소리로 취급된다. 호의적이더라도 과학적 사고방식에 기초하여 낙뢰 때문에 생긴 나무의 상처를 뇌수가 하늘로 솟아오

다케하라 슌센竹原春泉이
『회본백물어絵本百物語』에 그린 뇌수.

를 때 할퀸 발톱 자국으로 해석했을 것이라고 추론하는 정도다. 하지만 숀랜드가 얻은 결과를 문학적으로 표현한다면 그 내용도 뇌수 이야기와 비슷하지 않을까.

이에 대해 한 가지 재미있는 자료가 있다. 이번 번개 관측대원 중 한 명인 도쿄대학 H 교수가 마에바시에 사는 어느 노인에게 들은 이야기다. 그 어르신은 H 교수에게 "벼락은 구름 속에 있는 불덩이가 지상으로 떨어지면서 불기둥이 솟구치는 것처럼 보이는 거라고들 하던데, 진짜 그런가요?"라고 물어 그를 몹시 당황하게 만들었다고 한다.

선구방전의 지속 시간, 즉 불덩이가 구름에서 떨어져 나와 지상에 도달할 때까지의 시간은 보통 0.01초이거나

그보다 조금 더 짧은 정도다. 이처럼 짧은 순간에 일어나는 현상은 과학적 훈련을 받지 않은 보통 사람의 순수한 눈으로 볼 때 오히려 더 잘 보이는지도 모르겠다. 특히 옛사람들의 건강한 눈이라면 (육안으로 관측하는 게) 가능할 법도 하다.

먼 옛날로 거슬러 올라가면 알타미라동굴에는 빠르게 질주하는 들소의 다리를 잘 포착해 그린 유명한 벽화가 있다. 현대인이라면 초고속으로 촬영한 영상을 보지 않고 달리는 동물의 다리 모양을 소상히 인식하기란 어려운 일이지만 원시 인류의 눈에는 그게 보였던 모양이다. 그러나 선구방전이 지상에 다다른 후 주방전主放電이 빛의 속도로 위로 뻗어 올라가는 현상은 아마 원시 인류의 눈에도 불기둥이 솟구치는 것처럼 보이지는 않았을 것이다. 그래도 질문한 노인은 불줄기가 떨어지면서 방전이 일어난 것이라고 하면 충분히 이해할 것이다.

이렇게 말하니 옛 일본인들이 낙뢰에 관해 상당한 과학적 지식을 갖고 있었던 것 같지만, 재미있게도 번개의 모양처럼 가장 확연하게 드러나는 사실에 대해선 잘못 알고 있었던 듯하다. 옛사람들은 번개를 대부분 지그재그 모양으로 그렸다. 우리 선조들은 누구나 번개 모양을 그렇게 생각하고 그렸던 것이다. 그러나 실제로 그와 같은 번개 모양은 존재하지 않는다.

지금까지 일본에서 찍힌 번개 사진에서는 물론, 영국 기상청이 여러 나라에서 관측한 번개 사진을 모아놓을 걸 봐도 지그재그 형태의 번개는 일절 찾아볼 수 없다. 군데군데 불줄기가 꺾이는 지점이 있는 건 비슷하지만, 번개의 줄기나 가지 형태 자체가 구불구불하게 꺾여 있어 직선과는 영 딴판이다. 한데 그리스의 번개 그림도 일본 그림과 완전히 똑같은 모양을 하고 있는 걸 보면 당대의 어느 천재 화가가 번개의 강력한 힘과 빛이 번쩍이는 특성을 지그재그 형태로 표현한 것이 전해 내려온 게 아닐까 하는 생각이 든다. 만약 그렇다면 옛사람들 가운데 그림이나 문학작품에 조예가 깊은 이들에겐 번개 모양이 잘못 전해졌을 만도 한데, 오히려 그런 예술과 거리가 먼 농민들 사이에서 번개의 본질과 일맥상통하는 뇌수의 전설이 탄생했다는 것은 아이러니한 일이다.

번개가 지그재그 형태가 아니라는 건 한 번만 봐도 금방 알 수 있는 사실로, 이를 깨달은 사람도 물론 많겠지만 신비로운 자연 현상이자 장마철에 볼 수 있는 장관 중 하나인 번개를 본래 모습 그대로 보지 않는 사람이 의외로 많은 것 같다.

천둥 번개가 일찍 지나가고 나면 맑고 깨끗한 저녁 공

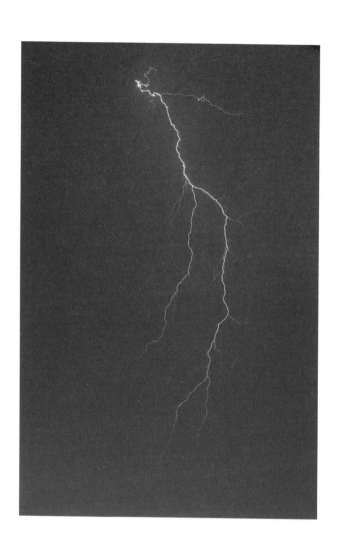

기만이 남는다. 아카기산은 푸르른 자태를 뽐내며 서 있고 저 멀리 이런저런 모양의 나무와 농가가 띄엄띄엄 조그맣게 보인다. 대기는 차고, 황혼빛에 둘러싸인 산과 들, 심지어 공기까지 맑고 투명한 푸른 물빛을 띤다.

관측소의 창문으로 가만히 그 경치를 보고 있노라면 마을 전체가 마치 맑고 깨끗한 물 아래 있는 것처럼 보인다. 때로는 설핏 보라색을 띤 가느다란 번개가 차갑고 맑은 공기를 깨고 은색의 선을 만들며 아쉬움을 달래주기도 한다.

바람이 잦아들며 고요해진 이 시각 잠시나마 세속을 벗어난 기분이다. 알타미라동굴의 들소나 고대 뇌수의 전설은 이런 정취에 젖어 탄생한 설화일지도 모르겠다.

1942년 7월

2장

과학자들

구피球皮 사건

데라다 도라히코寺田寅彦* 선생이 비행선 폭발 원인을 조사하던 때의 일이다. 벌써 14년이나 지난 일인데, 이 이야기는 그 시절 신문과 과학 잡지에도 실린 적이 있다.

이 일에 대해 상세히 기술한 보고서도 이화학연구소**의 연구보고서에 실려 영문판으로 출판된 적이 있는 마당에 이제 와서 이 글을 쓴다는 게 다소 진부한 감은 있지만 그런 만큼 특별히 문제가 될 일도 없을 것이다.

일본에서 처음으로 비행선이 공중 폭발하는 사건이 발생했는데, 선생이 조사연구회의 의뢰를 받아 원인 규명에

---

* 일본 근대 물리학을 대표하는 물리학자이자 수필가로 수많은 과학 저술을 남겼다. 나쓰메 소세키의 제자로도 알려져 있다.

** 일본 문부과학성 산하의 과학기술 연구소.

나섰다. 그때 마침 그분을 지도교수로 모시며 수소 폭발 실험을 하고 있었던 나와 Y 군은 운 좋게 연구를 거들 수 있게 되었다. 이 일화는 순수 물리학적 연구 방법 측면에서도 매우 흥미로울 뿐 아니라, 그분이 얼마나 뛰어난 과학자였는지도 알 수 있게 해준다. 게다가 추리소설을 읽는 듯한 흥미진진한 재미도 느낄 수 있다.

이른 겨울 어느 날, 교수님은 평상시보다 약간 상기된 얼굴로 실험실에 들어왔다. 그러고는 Y 군과 나를 불러 이야기를 꺼냈다. "자네들의 수소 실험과 직접 관계가 있는 일이니 수고스럽겠지만 하고 있던 실험은 잠깐 멈추고 비행선 폭발 실험을 진행해주었으면 하네." 자세한 이야기는 이렇다. 원인 불명의 비행선 폭발 사건이 모처의 상공에서 발생해 승무원 전원이 사망하고 타다 남은 잔해만 인근 밭에서 발견되었다. 그 원인을 규명하고 향후 대책을 세우는 것이 이번 실험의 목적이라고 했다.

실로 대단한 실험 같아 보였다. 이런 어려운 과제를 맡아 성실하게 진행할 수 있는 인물은 교수님과 같은 지위에 있는 이들 중에는 거의 없을 듯했다. 교수님도 이 문제를 어떻게 풀어나갈지 전혀 감을 잡지 못한 상태였다. 이러저러하여 도전해볼 만하다고 생각한 Y 군과 나는 자못 설레는 마음으로 실험을 도와드리게 되었다. 실험에 앞서 데라다 교수님은 훌륭한 교육자로서의 면모를 유감없이 발휘하며 이번 실험이 갖는 의미와 필요성을 자세히 설명해주었다.

그리고 이런 문제를 다룰 때 사전에 사건 발생 시점의 상태를 최대한 자세하게 아는 것이 중요하다고 일러주었다. 당일의 기상 상태, 비행선 모양 및 비행 상태 등 가능한 한 많은 정보를 수집한 후 그것들을 하나하나 분석하던 중 이상한 점이 하나 발견되었다고 했다. 폭발 직전 비행선에서 "기체가 많이 흔들려 비행이 어렵습니다"라는 무전이 왔는데, 기지에서 이에 명령을 내렸지만 아무런 대답이 없었다는 것이다. 정확한 폭발 시각은 알 수 없지만 대략 그 무렵이었다. 교수님은 대답이 없었다는 점에 주목하고 의문을 제기했다. 즉 무전을 보낼 당시 어떠한 원인으로 수소에 불이 붙었고 그것이 폭발로 이어져 기지에서 보낸 무전에 대답할 새도 없이 비행선이 추락했다고 하면 의문이 풀린다. 무전을 칠 때는 고전압 고주파를 사용하기 때문에 불꽃이 발생할 가능성이 큰데, 보통 비행선의 수소는 기낭氣囊*에 들어 있기 때문에 불꽃이 그 안까지 튈 위험은 없다. 그러나 이 사건에서처럼 기체가 심하게 흔들리면 수소

* 기구나 비행선 따위에서 가스를 넣는 주머니.

가 새어나올 가능성이 커지고 무전을 칠 때 발생한 불꽃이 유출된 수소에 옮겨붙으면 앞뒤 조건이 맞아떨어진다.

그래서 교수님은 우선 수소에 불이 붙을 수 있는 불꽃의 최소 크기가 어느 정도인지 조사해달라고 했다. 이 정도의 간단한 실험이라면 누군가 앞서 해보았을 법도 한데, 우리가 파악한 범위 내의 문헌에는 그런 내용이 없었다. 하지만 특별한 준비가 필요 없는 실험이었기 때문에 우리는 수소를 가는 유리관 끝에서 곧바로 분출시켜 수소와 공기가 잘 섞였을 법한 위치에서 변압기나 100볼트짜리 교류 전기로 작은 불꽃을 일으켜보았다. 그 결과 신기할 정도로 불이 잘 붙었다. 불꽃을 점점 줄여보아도 불을 붙이는 법에 능숙해져서인지 불이 잘 붙었다. 마지막으로 2볼트짜리 건전지에 철사 끝을 붙였다 뗐다 하면서 겨우 눈에 보일까 말까 한 작은 크기의 불꽃을 만들었는데, 이 정도의 불꽃으로도 점화는 충분히 가능했다. "이렇게 작은 불꽃으로도 불이 붙는다면 우리 가설도 얼마든지 가능한 일이야. 아무래도 실험이 수월하게 진행되겠는데……" 교수님도 의욕이 충만해졌다.

그동안 교수님은 비행선의 구조 및 무전 배선에 대해 알아보았던 모양이다. 그러던 어느 날 흰색 천 조각을 들고 급히 실험실로 들어오시더니 기뻐하며 말했다. "알아냈어.

역시 생각한 대로야. 비행선에는 접지가 없어서 기낭을 접지 대신 쓰니까, 무전을 칠 때 기낭 위에서 수천 볼트의 접지 전류가 흐르게 되는 거야. 그러니까 자네들이 실험에서 발견한 것처럼 아주 작은 불꽃으로도 불이 붙는다고 하면, 이 구피(기낭 표면) 위에 똑같은 전류를 흐르게 해서 그 정도의 작은 불꽃이 나오는지 알아봐주게." 교수님은 그렇게 말하며 흰 천 조각을 건네주었다. 구피에는 알루미늄 가루가 들어간 페인트가 칠해져 있었는데, 교수님은 "전도체여서 불꽃이 튈 가능성은 없지만 그래도 한번 실험해봐주게"라고 하고는 자리를 떠났다.

그래서 바로 그 구피의 전도도를 측정해보았는데 놀랍게도 전도체가 아닌 절연체였다. 알루미늄 분말은 표면이 산화물로 덮여 있는데, 그 산화 피막이 절연체라는 건 이전부터 알고 있던 사실이고 그것이 고무 도료처럼 발라져 있으니 당연히 전체가 절연체였다. 그렇다면 표면에 불꽃이 튀는 것도 당연하다. 그래서 보통 전류의 전압을 높여 철사 끝을 구피에 대보니 전면에 미세한 불꽃이 팍 하고 튀어서 깜짝 놀랐다. 교수님이 오기로 한 이튿날까지 기다리지 못하고 먼저 이 이야기를 전했다. 교수님은 이내 직접 불꽃을 일으켜보더니 매우 기뻐했다. "직접 해봐야 알 수 있는 거야. 나도 이걸 전도체라고 생각했었잖아." 그분은 허허 웃으며 아이처럼 계속 불꽃을 만들며 장난을 쳤다. 그날 우린 이 불꽃이 알루미늄 분말에서 생긴 특수한 성격의 불꽃일 거라고 가정하고 다음 실험에 들어갔다.

여기까지 밝혀냈으니 그다음 일은 간단했다. 할 일은 산더미처럼 쌓여갔지만 실험 결과가 잘 나와 연구는 순조롭게 진행되었다. 우선 현미경 아래 구피를 두고 그 위에서 불꽃을 만든 다음 사진을 찍었다. 잠깐 전류를 통하게 하면 표면의 성질이 변하는데 그 변화를 조사하고, 불꽃의 성질을 알게 되면 구피에서 발생하는 불꽃으로 수소에 불이 붙는지 확인했다. 당연히 문제없이 불이 붙었다. 그래서 이번에는 당시 실제로 사용했던 무전기를 켜놓고 구피 위쪽으로 가져갔더니, 예상했던 대로 작은 불꽃이 생겼다. 거기에 수소 노즐을 갖다 대니 당연하게도 불이 붙었다.

그렇게 우린 드디어 무전 발신에 의한 비행선 폭발 모형 실험을 하게 되었다. 사전에 북통 같은 틀에 구피를 붙이고 그 면에 무전기 접지 전선을 설치했다. 구피를 붙인 북 안에는 수소를 넣은 다음 구피에 작은 구멍을 내어 수소가 새어나오게 했다. 물론 비행선 기낭 전체와 같은 용량의 콘덴서를 넣어두는 등 세심한 주의도 필요했지만 그런 건 크게 문제가 안 됐다. 완전히 준비를 마치고 무전기를 작동시켜보니 과연 수소에 불이 붙어 잠시 뒤 구피로 불이

번졌고 얼마 지나지 않아 전체가 맹렬하게 폭발을 일으켰다. 혹시 몰라서 비행 상황과 유사하게 선풍기를 이용해 바람을 일으켜보았는데, 그랬더니 불이 꺼지기는커녕 오히려 구리 위로 더 활활 타올랐다. 여기서 이번 실험은 마무리되었다. 원인을 알면 대책을 세우는 일은 문제도 아니다. 쾌도난마란 바로 이런 것을 말한다.

이렇게 쓰고 나니 별것 아닌 것 같지만 실제로는 실험 단계마다 어려움이 있었고 그럴 때마다 교수님이 항상 차근차근 방향을 잡아주곤 했다. 간단한 일이라는 듯 느긋한 얼굴을 하고 알려주시던 모습이 새삼 떠오른다. 실험에 정신없이 몰두해 있다 보면 어느샌가 교수님이 들어와 말씀하셨다. "내가 없어야 실험이 잘되겠지? 나는 와서 잔소리만 하니. 그런데 오늘 밤도 일하나? 일단 우리 소고기라도 먹고 와서 하지!" 그렇게 무작정 학교 앞 고깃집으로 우릴 데리고 가기도 했다.

이야기는 여기서 끝이 났지만, 지금 생각해보면 이 일화는 데라다 선생이 뛰어난 과학자였음을 알 수 있게 해주는 동시에 그분의 훌륭한 인품도 보여주는 듯하다. 그 무렵 학자들은 순수한 학문 연구를 중시한 나머지 이런 연구는 직접 하지도 않을뿐더러 다른 사람이 하는 것까지 경시하는 경향이 있었다. 하지만 선생은 이 연구가 당신의 분야와 직접 관계가 없었음에도 불구하고 국가적으로 중요한 연구라고 판단해 끝까지 해결하려고 노력하는 모습을 보여주었다. 그러지 않았다면 아무리 선생이라 해도 그 어려운 과제를 이렇게 척척 해결할 수는 없었을 것이다. 이 글이 언뜻 학문적인 연구에 관한 글로 보이지 않을 수 있지만, 이번 사건에서처럼 나라에 필요한 연구를 격려하는 데 도움이 된다면 나로서는 더없는 기쁨이다. 또 그것으로 이 글의 목적도 달성하는 셈이다.

1938년 1월

찻잔의 물과
그 밖의 것

벌써 3년이나 지난 일이다. 고미야 도요타카小宮豊隆 교수의 소개로 스즈키 미에키치鈴木三重吉의 미망인이 『붉은 새赤い 鳥』에 실은 과학 이야기를 모아 책으로 엮으려고 하는데 내가 감수를 봐줬으면 좋겠다는 부탁을 받았다.

미에키치의 『붉은 새』는 아동문학이라고 할 수 있을 만한 성취를 이룬 책으로, 어린이 정서 교육에 위대한 업적을 남긴 책이라는 점은 두말할 필요도 없다. 그러나 미에키치는 『붉은 새』로 비단 문예 방면에서만 업적을 남긴 게 아니라 매달 한 편씩 거기에 어린이를 위한 과학 이야기도 실었다. 천문학, 물리학, 지구물리학, 화학, 공학, 동물학, 식물학, 의학 등 다방면에 걸친 젊은 신진 과학자들의 원고를 받아 미에키치가 문장을 고치고 완성한 글들이었다.

『붉은 새』 창간호.

평소 미에키치의 작업에 존경심을 갖고 있던 터라 일단 원고를 받아보았다. 역시나 내용도 과학자들이 쓴 만큼 제대로 되어 있어, 이 정도라면 훌륭한 책이 나올 것 같았다. 여기에 미에키치의 수려한 문체가 더해져 원고 품질은 전체적으로 훌륭했다. 그래서 나도 감수를 기꺼이 맡기로 했다.

그 시절 『붉은 새』에 원고를 쓴 과학자 중에는 이제 이름만 대면 누구나 아는 유명한 학자가 되어 있는 사람도 많았다. 대부분 실명으로 기고한 게 아니라 누가 이 글을 썼는지 찾는 일도 재미있었다.

미에키치의 미망인은 책에 데라다 도라히코 선생이 쓴 내용도 있다고 했다. 그 글을 꼭 찾아내야지 생각하고 두 눈을 크게 뜨고 책을 읽어 내려가자 어렵지 않게 찾을 수 있었다. 하치죠 도시야八條年也라는 필명으로 쓴 「찻잔의 물 茶碗の湯」이라는 글이었다.

「찻잔의 물」을 몇 줄 읽다 보니 이런 글은 데라다 선생이 아니면 쓸 수 없는 글이란 생각이 들었다. 그건 글을 잘 쓰고 못 쓰고의 문제도 아니고, 어려운 내용을 쉽게 풀어쓰는 차원의 문제도 아니었다. 굳이 따지자면 과학적 탐구가 일상적으로 몸에 밴 사람만이 할 수 있는 생생한 이야기이기 때문에 그랬다.

「찻잔의 물」은 모두 인쇄하면 여섯 쪽 정도 되는 짧은 글이다. 그러나 그 안에는 물리학의 모든 것이 들어 있었다.

"김이 모락모락 나는 뜨거운 물이 담긴 찻잔이 있습니다. 이 찻잔을 해가 잘 드는 툇마루로 들고 가 검은 천을 뒤에 대고 거기서 피어오르는 김을 햇빛에 비춰보세요. 그러면 김에 무지개처럼 빨간색 파란색이 보입니다. 엷은 구름이 달에 걸렸을 때 볼 수 있는 것과 비슷하지요."

선생은 이 색깔에 대해서는 다음에 다시 설명하겠다고 적고는, 이것은 물방울에 빛이 굴절되며 생기는 현상으로 그 색을 보면 물방울의 대략적인 크기를 알 수 있다고 했다. C. T. R. 윌슨(영국의 물리학자)이 그 유명한 '윌슨의 안개상자' 실험을 할 때 이 현상을 이용해 안개상자 속 물방울 크기를 추정했다고 전해진다.

윌슨의 안개상자란 특수한 방법으로 상자 내부에 안개가 생기는 조건을 만들어주는 장치다. 공기 중에 먼지가 전혀 없는 때는 안개가 생길 수 있는 조건이 갖추어져도, 즉 수증기가 많이 있어도 안개가 만들어지지 않는다. 그러나

윌슨의 안개상자.

공기 중에 이온(공기 분자가 전기를 띤 것)이 있으면 그 이온을 중심으로 안개 입자가 만들어진다. 이는 일찍이 이론이나 실험을 통해서도 잘 알려진 사실이다.

이온이라는 것은 크기가 분자만 해서 그 자체는 어떤 방식으로도 인간의 눈에 보이지 않는다. 그러나 이온이 중심이 되어 안개 입자가 만들어지면 거기에 강한 빛을 비추어 육안으로도 볼 수 있게 된다. 그러면 그 위치에 이온이 있었음을 알 수 있다.

우주선이나 전자는 대기를 뚫고 날아가면서 충돌한 공기 분자를 이온화하는 성질이 있다. 예를 들어 우주선이 윌슨의 안개상자를 통과한다면 선체가 지나간 자리에 많은 이온이 만들어질 것이다. 이때 장치를 작동시키면 그렇게 생겨난 이온을 중심으로 안개가 생성되어 우주선이 지나간 자리가 흰색 선으로 나타난다.

이렇게 전자나 분자와 같은 미세 입자의 움직임이 인간의 눈에도 보이게 되었다. 윌슨의 안개상자가 현재 세계 물리학의 주류가 된 원자물리학에 지대한 영향을 끼쳤다고 할 수 있다. 이 안개상자가 발명되지 않았더라면 원자물리학은 지금처럼 발전하지 못했을 것이다. 한편 뜨거운 물에서 김이 나게 하는 안개 입자 역시 중요한 의미가 있다.

이온이 안개 입자의 중심이 되는 건 공기 중에 미세먼

지가 거의 없을 때 얘기다. 그 이유는 이온보다 먼지가 안개 입자의 중심이 되려는 성질이 강하기 때문이다. 그래서 보통 공기 중에 수증기가 있으면 먼지가 안개를 만들어낸다. 선생은 「찻잔의 물」에 이어 미세먼지에 관해 이야기했다.

"보통 안개의 중심이 되는 것은 현미경으로도 보이지 않을 만큼 매우 미세한 먼지입니다. 이러한 미세먼지는 공기 중에 굉장히 많죠." 지표에서 증발한 수증기를 많이 머금은 공기는 따뜻해지면 위로 올라간다. 그리고 차가운 상공으로 올라가면 안개가 생기는 조건이 마련된다. 대기 중에는 눈에 보이지 않는 미세먼지가 많아서 이 먼지를 중심으로 안개 입자가 만들어진다. 그것이 바로 구름이다. 그래서 공중에 떠 있던 구름이 사라진 뒤에는 지금 말한 먼지 같은 것들이 남는데, 비행기에서 보면 연기가 뭉글뭉글 퍼지는 것처럼 보인다.

"찻잔의 뜨거운 물에서 피어나는 김"은 우리에게 현미경으로도 보이지 않는 미세먼지, 나아가 분자와 전자의 세계까지 보여준다. 그것은 한여름 낮 어마어마한 천둥 번개를 동반하고 무서운 기세로 몰아치는 폭풍우의 모형이라고도 할 수 있다.

"김이 위로 올라갈 때는 다양한 소용돌이가 만들어진다." 모기향의 연기를 보면 처음에는 수직으로 상승하지만 어느 높이까지 올라가면 빙글빙글 돈다. 공기 중에 소용돌이가 만들어졌기 때문이다. "찻잔의 뜨거운 물에서 나는 김은 이미 찻잔 바로 위에서 큰 소용돌이가 생겼으므로 빠르게 돌면서 위로 올라가게 된다." 하루에 두세 번은 볼 수 있는 흔한 현상이다.

이 현상의 규모가 좀더 커지면 집 앞마당 같은 곳에서 발생하는 작은 토네이도가 된다. 전날 비가 와서 축축해진 땅 위에 태양이 비치면 하얀 김이 모락모락 나는 걸 종종 볼 수 있다. 그 모양을 자세히 살펴보면 툇마루 밑이나 담장 사이로 차가운 바람이 불어올 때마다 옆으로 휘어지다가 다시 똑바로 위로 올라가는 게 보인다. 그러다 큰 소용돌이, 즉 토네이도를 형성하여 앞마당 한구석에서 빙글빙글 돌게 된다. 그럴 땐 낙엽이나 종잇조각 등이 팔랑팔랑 지상 가까이에서 돌고는 한다. 미국 플로리다 지역에서 자주 발생하는 대형 토네이도도 이와 비슷한 원리다.

자연에서는 이보다 더 큰 규모의 소용돌이가 만들어진다.

기온이 높은 지역은 지상에서 증발하는 수증기량도 더 많다. 그 주변에 상대적으로 차가운 공기가 있으면 기온이 높은 지역의 공기가 위로 올라가고 찬 공기는 밑으로 내려와 거대한 소용돌이가 만들어진다. 이런 소용돌이는 뇌우의 한 형태로, 상승기류가 전하 분리를 일으켜 엄청난 번개를 만들거나 우박을 내리기도 한다.

찻잔의 뜨거운 물에서 나는 김은 우리에게 매우 많은 것을 알려준다. 하지만 찻잔에 담긴 뜨거운 물도 그에 못지않게 중대한 물리법칙을 보여준다.

하얀 찻잔에 뜨거운 물을 담아보자. 밝은 등 아래서 물속을 들여다보면 찻잔 바닥에서 하늘하늘 흔들리는 빛의 결을 볼 수 있을 것이다. 이 현상은 봄에 피어오르는 아지랑이와 같은 현상으로 대포알이나 비행기 프로펠러의 공기 저항 연구에도 이용된다.

뜨거운 물을 찻잔에 담고 뚜껑을 닫지 않은 채 놓아두면 물 표면이 점점 차가워진다. 물이 수증기가 될 때 1그램에 500칼로리가 넘는 엄청난 잠열을 빼앗아간다는 사실은 이미 잘 알려져 있다. 뜨거운 물 표면에서 증발이 일어날 땐 조건이 아주 조금만 바뀌어도 큰 차이가 나기 때문에 물 표면에서의 증발도 균일하게 일어나지 않는다. 그래서 물 표면이 식는 정도에도 차이가 있다. 일단 차가워진 물은 아래로 내려간다. 그 주변의 상대적으로 뜨거운 물은 위로 올라가고, 올라가는 동안 식어서 다시 밑으로 내려간다. 이런 식으로 뜨거운 물 표면에는 물이 내려가는 곳과 올라가는 곳이 생긴다. 물 한 잔에도 뜨거운 물과 미지근한 물이 다양하게 섞여 있는 이유다.

이런 액체에 빛이 들어갔다고 생각해보자. 빛의 굴절률은 물의 온도에 따라 다르기 때문에 어느 부분은 렌즈와 같은 작용을 하여 빛을 모으고 다른 부분은 빛을 반사시킨다. 그래서 찻잔 바닥에 다양한 형태의 하늘거리는 빛의 결이 생기는 것이다.

더운 공기가 위로 올라가면서 빛을 굴절시켜 사람의 눈에 보이게 되는 현상인 아지랑이와 완전히 똑같은 원리다.

물이나 공기의 흐름을 매우 선명하게 볼 수 있도록 고안한 사진 촬영 방법이 이른바 슐리렌 사진Schlieren photography 또는 섀도그래프shadowgraph다. 슐리렌 기법*을 이용하여 사진을 찍으면 공기나 액체 중 굴절률이 다른 부분을 명확하게 찍을 수 있다.

총알이 공중을 날아가면 그 뒤로 어마어마한 소용돌이가 생긴다. 공기가 압축되면 빛의 굴절률이 달라지기 때문에 슐리렌 기법으로 사진을 찍으면 총알이 어떤 식으로 공기를 밀어내고 날아가는지가 똑똑히 찍힌다. 비행기 프로펠러가 공기를 가르며 회전하는 모습도 슐리렌 기법으로 촬영하면 볼 수 있다.

---

* 빛은 직진하지만 불균일한 영역이 있으면 불규칙적으로 굴절된다는 원리.

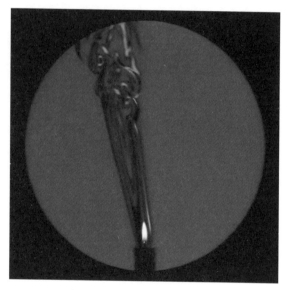

타는 초를 슐리렌 기법으로 촬영한 사진.

총알같이 공기의 압축이 심하지 않은 보통의 소리도 이 방법을 이용하면 눈으로 볼 수 있다. 소리는 매질이 압축과 팽창을 교대로 반복하는 파장, 즉 종파從波다. 따라서 소리를 내면서 슐리렌 기법으로 순간 사진을 찍으면 음파의 형태를 명확하게 볼 수 있다. 더 재미있는 건 이 기법으로 활동 사진을 찍는 것이다. 우파UFA*에서 제작한 영화「보이지 않는 기류見えない氣流」를 본 분들이라면 충분히 그 재미를 느꼈으리라.

찻잔의 물 이야기는 아직 끝나지 않았다. 그것은 겨울철 호수나 바닷물의 해류와도 관련이 있고, 비행사들에게 중요한 문제인 돌풍을 읽어내는 일과도 관계가 깊다. 더 나아가서는 해류풍이나 산곡풍, 동아시아의 계절풍과도 관련된 이야기다.

항아리 안에서 삼라만상을 볼 수 있다는 옛 선인들의 말처럼 찻잔에 담긴 물에도 자연의 모든 법칙이 들어 있다. 하지만 찻잔에 담긴 물을 보고 이를 깨달을 수 있는 사람은 매우 드물다.

갑자기 과학 대중화 바람이 불며 생활 속 과학이 회자되는 지금, 새삼 데라다 선생이 그리워진다. 살아 계셨더

---

* 1917년 설립된 독일의 영화사, 텔레비전 프로덕션.

라면 아직 연세가 65세밖에 안 되었을 텐데 말이다.* "정년이 되면 책을 한 권 쓰려고 하네. 물리학이란 대체 어떤 학문인지 물리학자들에게 깨달음을 주는 책을 꼭 한 권 내고 싶어." 언젠가 선생이 넌지시 하신 말씀이 생각난다.

1942년 4월

---

* 데라다는 이 글이 발표되기 5년 전인 1935년 골종양으로 세상을 떠났다.

데라다 도라히코.

유카와 히데키

11월 4일은 때마침 하코다테에 있는 홋카이도대학 수산학부에서 문화 강의를 하기로 한 날이었다.

학교에 들어서자마자 학부장 무라타武田가 다소 흥분한 기색을 보이며 이렇게 물었다. "교수님, 오늘 아침 뉴스 들으셨어요? 유카와 히데키湯川秀樹* 박사의 노벨상 수상이 확정됐다네요."

"그래요? 대단한 일이네요. 전혀 몰랐어요."

"어젯밤 뉴스에서는 아마 수상자로 결정될 것 같다고 했는데, 오늘 아침에 확정되었답니다."

"정말 경사가 났네요. 오늘은 종전 이래 처음으로 경사

---

*   일본의 1세대 이론물리자로 중간자 이론, 이른바 '유카와 이론'으로 1949년 일본인 최초로 노벨물리학상을 수상했다.

스러운 날이네요."

"미국에서 유카와 박사님이랑 만났다고 하셨잖아요. 그때 아무 말씀 없었나요?"

"네. 전혀 그런 이야기 없었는데. 유카와 씨가 무척 기뻐하고 있겠네요. 미국에 사는 일본인들도 어깨가 으쓱해지겠는데요."

이런 이야기를 나누다 보니 9월에 뉴욕에서 유카와 부부와 아이들을 만났던 기억이 새록새록 떠올랐다. 처음 노벨상 수상자 내정 소식을 듣고 아내분이 얼마나 기뻐하셨을지 상상이 되었다. 유카와도 한시름 놓았을 것이다.

작년 8월 유카와가 프린스턴고등연구소에 초빙 교수로 임용되어 미국으로 가기 바로 전날 교토에서 그를 만났다. 찌는 듯한 오후였다. 2층은 바람이 잘 들어오도록 창문이 활짝 열려 있었고 유카와 부부는 방 한가득 짐을 늘어놓고 한창 정리 중이었다. 미국 입국 허가 심사는 벌써 결과가 나왔는데, 부인은 내가 찾아가기 하루 전에야 도쿄 사령부(제2차 세계대전 후에 주재한 연합군 사령부)에서 허가가 났다는 연락을 받았다고 한다. 이삼일 만에 출국 준비를 해야했으니 정신이 없을 만도 했다.

그래서 간단하게 용건만 이야기하고 바로 나왔다. 나도 두세 달 후에는 북미에 갈 일이 있어서 프린스턴에서 여유 있을 때 다시 만나 이야기를 나누기로 한 것이다. "다음 약속 장소는 프린스턴이라니 세상 참 좋아졌네요." 그렇게 말하며 우린 웃으면서 헤어졌다.

그런데 내 출국 일정이 예정보다 1년 정도 늦어지면서 프린스턴에서 만나기가 어렵게 됐다. 7월 초에나 출국해 알래스카, 서부, 중부, 캐나다를 돌다 9월 초쯤에나 뉴욕에 도착할 수 있었다. 유카와는 프린스턴고등연구소와 계약이 끝나고 8월 말부터 뉴욕의 컬럼비아대학으로 옮긴 뒤였다. 그래서 뉴욕 유카와네 집에서 만나 이삼일 푹 놀기로 했다.

같은 물리학이라고 해도 나와 유카와는 분야가 전혀 다르고 심지어 어려운 이론에 대해서는 서로 완전히 문외한이다. 그래서 만나도 물리학 이야기는 거의 하지 않는다. 그렇게 그저 좋아하는 것을 같이 즐기는 편안한 친구 사이로 알고 지낸 지가 벌써 10년이 다 되어간다. 우리는 만나면 주로 내가 그린 수묵화에 유카와가 화찬畵讚(그림의 여백에 써 넣는 시문)을 쓰는 취미생활을 함께 즐긴다.

유카와와 취미생활을 함께 즐기게 된 건 10년 전인 1940년 늦은 봄 그가 홋카이도대학에 특강을 하러 왔을 때부터다. 호텔에 난방이 너무 잘되었던 탓인지 감기에 걸린 그는 폐렴까지 앓았다. 지금 도쿄대학 이학부장을 맡고 있는 가야 세이지茅誠司 교수는 당시까지만 해도 홋카이도대학 동료 교수였는데, 〔유카와를 보고〕 큰일이라도 난 것처럼 호들갑을 떨었다. 그는 유카와를 바로 홋카이도대학병원에 입원시키고 내과 부장에게 "이분이 폐렴으로 돌아가시기라도 하는 날엔 홋카이도대학병원도 세계적으로 악명을 떨칠 겁니다"라며 협박 아닌 협박을 했다고 한다. 물론 이 이야기가 사실인지는 알 수 없다.

페니실린이 없던 시대였지만 다행히도 유카와의 폐렴은 무사히 나았다. 그는 한 달 뒤에 퇴원했다. 이번에는 입장이 바뀌어 병원에서 가야 교수에게 큰소리를 칠 수 있었다고 한다. "다 나았다고 해도 당분간은 조심하셔야 합니다. 두 달 정도 요양을 하고 기차를 타시는 게 좋겠어요."

그런 소란을 겪는 사이 어느덧 여름 휴가철이 되었다. 그해 여름, 나는 마에바시로 번개 관측을 하러 가게 되었다. 그래서 내가 없는 동안 집도 봐줄 겸 유카와가 한 달 정도 우리 집에서 요양을 하기로 했다. 그렇게 그는 우리 집에서 완전히 기력을 되찾고 건강해진 모습으로 돌아갈 수 있게 되었다. 헤어질 무렵 집사람이 공책을 하나 꺼내 와 아무 말이나 기념이 될 만한 것을 써달라고 청하자 유카와는 당황하며 물었다고 한다. "여기까지 알려졌나요?"

유카와의 부친은 교토대학 지리학과에 계셨던 오가와

다쿠지小川琢治 교수다. 오가와 선생이 서화나 한시 등에 조예가 깊은 분인 만큼, 유카와는 어린 시절부터 교토 제일의 서예가 집안에서 가정교육을 받으며 자라온 셈이다. 그래서 글도 잘 썼고, 나중에 알게 된 사실이지만 한때 수묵화에도 관심을 두고 공부한 적이 있어 수준급의 산수화를 여러 점 그려 소장하고 있었다. 그의 인품대로 전통적인 기법의 수묵화였는데, 어설픈 화가가 그린 그림보다 훨씬 더 운치 있어 보였다.

번개 관측을 끝내고 귀가해 유카와가 건강한 모습으로 오사카에 돌아갔다는 소식을 들으니 안심이 되었다. 공책에는 이런 시구가 적혀 있었다.

病癒えて帰り行く身や北國の人の情を家苞にして

—秀樹

건강해진 몸과 홋카이도 사람의 정을 선물로 받고

—히데키

보통 글솜씨가 아니라 깜짝 놀랐다. 이것도 나중에 알게 된 사실이지만 유카와는 시에도 조예가 깊다고 한다. 그가 쓴 시 중에 다이마데라当麻寺의 시구 등 훌륭한 구절이 더러 있었다. 미국에 가서도 가끔 쓰는 것 같았다.

중간자中間子의 존재를 이론적으로 예측한 논문이 발표된 것은 1935년의 일이다. 그 후 2년이 지나 미국의 연구진이 우주선 안에 이 입자가 존재한다는 사실을 확인하면서 유카와의 논문은 일본에서도 일약 유명해졌다. 이를 계기로 1939년 교토대학 교수로 초빙되었으나 집은〔고베시〕롯코六甲에 있었다.

삿포로에서 폐렴 소동이 있었던 1940년은 유카와라는 이름이 일본 물리학계에서 막 알려지기 시작한 무렵이었다. 성격상 여기저기서 들어오는 강연이나 특강 요청을 딱 잘라 거절하지 못하고 먼 홋카이도까지 왔다가 그렇게 호된 경험을 하게 된 것이다. 아직 서른넷밖에 안 된 젊은 나이였지만, 나는 그를 보며 감탄을 금치 못하곤 했다. 학회 같은 데 와서 이야기하는 걸 들어보면, 최첨단 원자핵물리학뿐만 아니라 역학이나 열역학 같은 고전물리학에도 상당한 지식을 갖고 있었기 때문이다.

또한 그는 신망이 가는 사람이었는데, 폐렴에 걸리는 바람에 강의를 끝까지 마치지 못했다며 1942년 여름에 다시 강의를 하겠다고 홋카이도를 찾은 적도 있었다. 그 전년도 가을에는 집사람을 데리고 롯코에 있는 유카와네 집에 놀러 가 하룻밤을 묵으며 시화를 즐겼다. 유카와의 부인도

유카와 부부.

어린 시절부터 그림을 배워 아호雅號[*]까지 있다는 사실을 그때 처음 알았다. 내 비장의 무기인 가경묵嘉慶墨으로 코스모스를 그리고 유카와 부인이 빨간 고추잠자리를 그린 다음 거기에 유카와가 환영의 시구를 화찬으로 써주었다. 우리 집사람도 같이 시를 쓰며 한껏 즐거운 시간을 보냈다. 다 함께 즐길 수 있는 취미생활이었다.

롯코에 있는 유카와네 집은 한신阪神^{**}의 연선沿線에 자리해 오사카만이 한눈에 내려다보이는 다실풍 건물로 운치가 느껴지는 집이었다. 그는 연습 삼아 그린 산수화를 이것저것 꺼내 보여주었다. 그중에는 「손님방에서 바라본 경치」라는 이색적인 그림도 있었다. 그는 풍경화를 그릴 때의 어려움을 다음과 같이 토로했다. "풍경화는 그리기가 참 어려운 것 같아요. 수평의 경치를 수직으로 그린다는 게 쉽지 않거든요."

울창한 숲속, 바위는 하얗고 하늘은 청명했다. 대낮에도 쥐 죽은 듯이 조용했다. 유카와는 이 집이 마음에 들어 교토대학으로 옮긴 뒤에도 불편을 감수하며 오랫동안 이곳에서 교토까지 출퇴근을 했다. 오사카대학 조교수 시절에

도 이 집에서 학교를 다녔기 때문에 중간자 이론은 말하자면 롯코의 집에서, 아니 롯코의 집을 감싸는 밤의 고요 속에서 탄생했다고 말해야 할 것이다.

그가 늦은 밤 침상에서 전연 새로운 경지의 이론을 생각해냈다는 이야기는 이제 와 좋은 기삿거리가 되지만, 일반 독자는 그 이론의 진정한 가치를 잘 모를 것이다. 어쩌면 원자핵 분야를 전공한 젊은 물리학자들 중에도 그 이론의 진정한 의미를 알지 못하는 사람이 있을지 모른다. 유카와가 처음 쓴 논문은 그것이 발표된 후 급속도로 발전을 이룬 원자핵 분야의 여느 논문에 비해 매우 쉽게 쓰였다. 그러나 전인미답의 영역에서 남들이 생각지 못한 것을 발견하는 것 자체가 결코 쉬운 일이 아닌 것을. 이는 어디까지나 끈질기게 파고드는 인간의 정신력으로 얻어낸 값진 성과라 할 수 있다.

유카와의 논문은 1935년 최초로 발표되었지만 연구는 그보다 1년 앞선 1934년에 완성되었다. 그의 연구 성과가 진정 어떤 의미인지 알기 위해서는 현대물리학의 역사적 배경을 먼저 알아야 한다.

원자폭탄이 등장한 이후 전 세계인이 갑자기 원자에 대해 관심을 갖게 되었지만, 현대 원자론은 원자물리학과 원자핵물리학으로 나누어 생각할 필요가 있다. 원자물리학이란 원자구조론을 말한다. 원자의 중심에는 핵이 있고 전자가 핵 주위를 도는데, 여기서 원자핵의 크기, 전자의 수와 배열 등을 연구하는 것이 원자구조론이다.

물질은 원소로 구성되어 있으며 그 원소는 또 각각 원자로 구성되어 있다. 원소 성질에 각기 차이가 나는 이유는 원자핵의 차이에 따른 것이다. 예를 들면 철과 금의 차이는 철 원자의 원자핵과 금 원자의 원자핵이 다르기 때문이며 원소가 변하지 않는 이유는 원자핵이 절대불변인 궁극의 입자이기 때문이다.

이것이 원자구조론으로, 현대 원자물리학의 기초가 되는 분야이지만, 의외로 역사가 짧은 분야이기도 하다. 20세기에 접어들어 어느 정도 궤도에 올라선 뒤 약 30년간 거의 완성 단계에 도달한 학문이라고 할 수 있다. 그 기간 동안 조지프 존 톰슨, 마리 퀴리, 알베르트 아인슈타인, 막스 플랑크, 닐스 보어, 베르너 하이젠베르크, 루이 빅토르 (피에르 레몽) 드 브로이 등 쟁쟁한 물리학자가 대거 등장했지만 원자물리학 역사상 가장 선구적 위치에 있었던 연구 기관은 영국 캐번디시연구소라고 할 수 있다. 1914년에 소장 어니스트 러더퍼드 경이 주최한 왕립학회 원자구조 강연은 후세에 전해지는 큰 업적을 남겼다.

고대 그리스철학이 근대로 넘어오면서 원자핵을 궁극

의 입자라고 보는 개념이 생겨났고, 물리학은 이 분야에서 한 세대를 풍미했다. 그러나 여기서 멈추지 않고 원자핵 구조 연구, 나아가 원자핵 붕괴로 인한 원소 변환으로까지 걸음을 내디디게 되었다.

이와 관련된 연구도 초반에는 주로 캐번디시연구소에서 주도했다. 러더퍼드의 알파입자 산란 실험, 프랜시스 윌리엄 애스턴의 동위 원소 및 질량 편차 연구 등이 성공하면서 원자핵물리학에 서광이 비쳤다. 그렇게 1929년 러더퍼드는 다시 왕립학회에서 원자핵 구조를 주제로 한 강연을 열었던 것이다. 그는 개회사를 열 때부터 15년 전에 열린 원자구조론 강연에 대해 언급하며 그때 논의가 오늘날까지 이어지고 있음을 알렸다. 그러면서 물리학의 다음 과제는 원자핵구조론임을 강조했다. 한데 이 강연이 열린 해로부터 불과 5년 만에 유카와의 중간자 이론이 발표된 것이다.

그 5년간 원자물리학은 무서운 발전을 이뤘다. 양전자의 발견, 중성자 확인, 우주선의 재발견, 인공 방사능의 발견 및 원자핵 붕괴 실험이 성공을 거두면서 한꺼번에 여러 분야에서 진척을 이룬 것이다. 어니스트 러더퍼드가 주최한 그 강연이 물꼬를 튼 격이었다.

그러나 폭발적인 원자핵물리학의 발전에도 풀리지 않

는 문제가 하나 남아 있었는데, 바로 원자핵을 구성하는 소립자 문제였다. 양성자proton 및 중성자neutron의 발견으로 이 두 개의 입자가 원자핵의 구성 성분이라는 사실은 알아냈지만, 양성자와 중성자를 결합시키는 힘이 무엇인지는 그때까지도 전혀 밝혀지지 않았다. 양성자와 중성자는 어떤 힘으로 결합되어 절대불변의 궁극 입자인 원자핵을 만들어내는 것일까? 이 중대한 문제가 해결되지 않는 이상 원자핵물리학은 앞으로 더 나아가지 못할 수도 있었다.

이런 상황에서 발표된 것이 유카와의 중간자 이론이다. 원자핵 속에서 작용하는 힘이 중력이나 전자기력이 아님은 이전에도 밝혀진 사실이었다. 그것은 지금까지 아무도 생각지 못한 새로운 힘이어야 했다. 그 새로운 힘을 그는 미지 입자가 도입된 것으로 설명했다. 질량이 전자의 약 200배인 무대전無帶電 입자가 핵 안에 존재하여 중성자와 양성자가 그 입자를 서로 주고받는다고 가정하면, 중성자와 양성자를 결합하는 힘이 발생할 수 있게 되는 것이다. 이 새로운 입자가 중간자다. 유카와의 이론이 발표되고 2년 후 미국의 칼 D. 앤더슨 박사의 안개상자에서 이 중간자의 존재가 최초로 발견되었다.

유카와의 중간자 이론이 발표되기 5년 전인 1929년, 왕립학회 강연에서 어니스트 러더퍼드가 발표한 원자핵 구조는 알파입자와 양성자로 이루어진 것이었다. 탁구공을 알파입자로 가정하고 그것을 층층이 쌓아 올려 그 배치 구조로 애스턴의 질량 편차를 설명하고자 했던 극히 원시적인 가설이었다. 러더퍼드 자신도 불과 5년 만에 탁구공이 유카와의 중간자 이론으로까지 발전하리라고는 생각지 못했을 것이다. 이런 현대물리학의 역사적 배경을 이해해야 유카와가 이룩한 업적의 가치를 알아볼 수 있다.

하지만 탁구공 구조가 바로 중간자 이론으로 발전한 것은 아니다. 그 사이에는 양자역학의 수학적 발달, 방사성 물질의 베타 붕괴에 따른 페르미 이론, 원자핵에 대한 보어 가설 등 유카와의 이론을 가능케 한 다양한 이론적 발판이 있었다. 그리고 물리학사의 흐름에서 최적의 시기에 중간자 이론이 출현한 것이다. 하지만 이것도 나중에 역사적으로 기정된 뒤에나 말할 수 있는 것이지, 당시 그 세계에 있는 사람이 전체적인 흐름을 제대로 보긴 어렵다. 태평양전쟁 이후를 되돌아보고 이러쿵저러쿵 말하기는 쉽지만 전쟁 중에 있는 사람이 앞날을 내다볼 수 없는 것과 같은 이치다.

유카와는 중간자에 대한 착상을 하기까지 뼈를 깎는 고통을 감내했다. 아직 일본 대학에는 진짜 연구실다운 연구실이 없다. 다 사무실 같은 공간뿐이다. 중간자 이론처럼

강의 중인 유카와 히데키.

완전히 새로운 발상을 깊이 연구하는 일은 대학에서 좀처럼 찾아볼 수 없다. 이렇게 생각하고 보니 늦은 밤 고요 속에 잠긴 롯코의 집이 그 업적의 탄생 기반이었다는 사실이 당연하게 여겨지기도 한다.

깊어가는 밤, 롯코의 집에서 유카와와 이야기를 나누었다. "저는 주로 잠자리에서 생각하는 버릇이 있어요. 머리맡에 노트와 연필을 가져다놓고 이불 속에 누워서 원자핵 내부에 대해 골똘히 생각하지요. 그러다 한 번씩 계시가 오는 듯한 기분이 들 때가 있어요. 그때 노트에 바로 옮겨 적고 '그래 됐어!' 생각하는데, 이튿날 일어나서 보면 순 엉터리여서 실망한 적이 많아요."

이런 습관이 건강에 좋을 리가 없다. 그는 잠을 설칠 때가 많다고 한다. 평소에는 전혀 신경 쓰이지 않던 개구리 울음소리가 유독 신경 쓰이는 날에는 잠이 오지 않아 고생하기도 한단다. 내 그림에도 그런 날의 마음을 담아 "잠을 이루지 못하고"라는 시 구절을 화찬으로 써준 적이 있는데, 지금은 그 그림을 누가 갖고 가버렸는지 시 내용은 기억이 나질 않는다.

중간자 이론은 전인미답의 새로운 발상이며 현실에 존재하는 모든 물질의 가장 깊은 곳에 숨겨진 궁극의 법칙이다. 이와 같은 발상을 얻기까지는, 신의 계시처럼 순간 머릿속에 빛이 스쳐지나가지만 잡으려고 하면 이미 사라지고 없는, 미생未生의 기억을 불러일으키려 애쓰는 듯한 안타까운 고통의 순간을 무수히 넘겨야 한다. 유카와도 매일 밤 이러한 정신적 고통을 느꼈으리라. 몇 번이고 계시를 붙잡았다고 생각하지만 이튿날 아침이면 실망하는 과정을 여러 번 반복하다 마지막에 드디어 그 실체를 제대로 붙잡은 것이다. 신문 기자들은 "유카와 박사, 침상에서 중간자 이론을 발견하다"라며 떠들썩하게 기사를 쓰지만, 유카와 자신에겐 그게 말처럼 쉬운 이야기가 아니었으리라.

유카와와 이런 대화를 나눈 지도 벌써 십몇 년이 지났다. 종전 후에는 과학 재건과 문화 부흥을 위해서도 무진 애를 썼겠지만, 〔한편으론〕 영어 학술지 『이론물리학의 진보理論物理學の珍寶, Progress of Theoretical Physics』를 발간하고 전공이 같은 젊은 사람들과도 훌륭하게 협업하며 중간자 이론을 크게 발전시켰다. 하지만 종전 이후 어딘가 숨 막히는 일본 내 분위기가 그에게도 그다지 호의적이지만은 않았을 것이다. 이 모든 시끄러운 상황에서 해방되고 싶었을 터. 그러던 차에 미국으로 건너갔으니 답답한 방에서 탁 트인 곳으로 나와 가슴이 뻥 뚫리는 기분이었을 게 틀림없다. 뉴욕으로 가기 전 아이오와주립대학에서 전에 총사령부에 있던 폭스 박사를 만났는데 그가 이런 부탁을 했다. "유카와

선생님을 우리 대학에 초빙하고 싶었는데 컬럼비아보다 한발 늦었네요. 뉴욕에서 그분을 만나면 내년에는 꼭 이쪽으로 와주십사 권해주세요." 조지호에서 만난 어빙 랭뮤어 박사도 유카와를 언급했다. 단분자층[*] 연구로 노벨화학상을 받은 그에게까지 유카와의 중간자설이 전해졌다는 사실에 깜짝 놀랐다.

뉴욕에 도착한 건 9월 1일이었다. 8월 말 유카와네 가족도 프린스턴에서 뉴욕으로 옮겨 갔지만, 아직 집을 마련하지 못해 당분간 이지도어 아이작 라비[**] 교수의 빈집에서 지내기로 했다. 라비는 지난해 과학 사절단원으로 일본을 방문한 바 있었다. 그는 현재 핵물리학 실험으로 유명한 컬럼비아대학에 교수로 있는데, 1944년에는 노벨상까지 받은 폴란드계 물리학자다. 라비와 유카와는 막역한 친구 사이다. 때마침 라비가 유럽 여행을 간 터라 유카와 가족은 그 집에서 지내기로 했단다. 미국 사람들은 보통 한번 친해지면 숨김없이 터놓는 사이가 되는 것 같다. 라비는 옷장부터 서랍까지 무엇 하나 빗장을 걸지 않고 유카와가 그대로 사용하게 했다. 옷장엔 양복이 빽빽하게 걸려 있었는데,

---

[*] 고체와 액체 표면에 분자가 1분자 두께로 늘어선 상태.

[**] 오스트리아·헝가리제국(오늘날 폴란드) 태생의 미국 물리학자.

"라비 교수님 옷이에요"라고 유카와의 부인이 알려주었다. "이렇게 하나부터 열까지 다 열어두고 그대로 사용하게 해 주셨어요. 주방용품도 무엇이든 교수님네 물건을 사용할 수 있어서 너무 좋아요. 접시 같은 건 하나라도 깨뜨릴까 걱정 이 되지만요." 부인은 조심조심 접시를 옮기며 이야기했다.

　라비의 아파트는 뉴욕에서도 최고급 주택가인 리버사 이드드라이브에 위치해 있었다. 허드슨강을 따라 내려오 면 십몇 층짜리 근사한 석조 건물들이 줄지어 서 있는데, 햇살을 받은 가로수가 건물마다 긴 그림자를 드리웠다. 라 비는 그중 한 아파트 5층에 살고 있었다. 방이 무려 다섯 개에 집은 영화에서나 볼 수 있는 고급 아파트같이 꾸며져 있었다. 라비네 빈집에 나까지 얹혀 지내려니 조금 미안했 지만 일본에서 약속한 대로 사흘만 신세를 지기로 했다. 유 카와 부부는 둘 다 건강하고 얼굴도 밝아 보였다. 아들은 키 가 몰라볼 정도로 훌쩍 자라 있었는데, 머리를 길게 기른 모 습이 귀여워 보였다. 내가 도착한 다음 날에는 도모나가 신 이치로朝永振一郞와 고다이라 구니히코小平邦彦도 도착했다.

　두 사람 모두 프린스턴으로 갈 예정이었지만 유카와 를 보고 가려고 뉴욕으로 먼저 발길을 돌렸다고 한다. "누 가 보면 미국에 파견된 대사인 줄 알겠어요." 부인은 그렇 게 말하며 웃었다. "프린스턴에 있을 때보다 바빠지니 여러 분이 직접 찾아와주시네요. 정말 고맙습니다." 그는 우리를 잘 챙겨주었다. 일본 음식 먹은 지 오래됐겠다며 일부러 요리를 해주기도 했다. 부인의 말에 따르면 고급 일본 요리가 먹고 싶으면 뉴욕에 사는 게 제일이라고 한다. 뉴욕에는 기코만*의 고급 간장이며 두부, 나마후生麩**, 락교까지 없는 게 없이 갖추어져 있고, 신선한 횟감 생선도 널려 있으며 튀김용 새우도 늘 넉넉히 살 수 있기 때문이란다. 원래 건강한 편도 아닌 그분이 이것저것 신경 쓰며 챙겨주는 모습에 우리가 오히려 몸 둘 바를 몰랐다. 프린스턴에서는 조용하게 지냈는데 뉴욕에 가선 손님도 많이 드나들고 해서 여러모로 챙길 게 많아 힘들 것 같았다. 이번에 노벨상이라도 받으면 더 힘들어질 텐데 큰일이다.

유카와가 있는 곳에서는 사흘만 지내다 워싱턴으로 가기로 했다. 바쁜 일정에도 이틀은 그림을 그리는 데 시간을 할애했다. 라비는 과학 사절단원으로서 일본에 간 이후 일본 전통 미술품에도 상당히 관심을 갖게 된 듯했다. 화조도가 그려진 2첩 금병풍이 장식으로 놓여 있었는데 꽤 그럴듯해 보였다.

---

* 100년 전통을 자랑하는 일본의 간장 브랜드.
** 밀기울을 이용하여 만든 조리용 떡.

어쩌면 원래부터 예술 방면에 관심이 많았던 듯도 하다. 책장에도 고전 문화·예술 분야의 유명한 책이 더러 꽂혀 있고, 장식장에는 진귀한 물건이 빽빽이 진열되어 있다. 우리는 거실 카펫 위에 신문지를 깔고 그 위에 반절로 자른 화선지를 펼친 다음, 그가 소장한 예술품 중에서 그려 볼 만한 물건을 찾아보았다. 그렇게 찾은 것이 묘한 새가 그려져 있는 단지였다. 그림도 모양도 원시적인 느낌을 주는 재미있는 물건이었다. 그림을 다 그리고 나니 무슨 단지일까 궁금해졌다. 미국 원주민의 물건 같아 보이진 않았지만 어쨌든 그렇게 생각하기로 하고 유카와가 화찬을 써주었다. "허드슨강 강물은 유유히 흐르고 오늘도 그물을 던지네. —히데키" 창밖으로 가로수와 허드슨강이 한눈에 내려다보였다. 라비의 아파트는 앞에서 말한 것처럼 영화에서나 볼 수 있는 고급 아파트를 옮겨놓은 화려함 그 자체였다. 기념사진을 찍을 때 유카와가 부탁을 했다. "일본에 가시거든 여긴 라비 교수의 집이라고 미리 말씀 좀 해주세요. 고국에선 다들 어려움을 겪고 있는 시기에 저만 미국에 와서 호화 생활을 누린다고 오해할 수도 있으니……" 사실 유카와 내외는 매우 검소한 생활을 했다. 일본에서 생각하는 '미국에서의 화려한 생활'과는 거리가 멀었다. 그렇다고 미국인이 사치스러운 생활은 한다는 이야기는 결코 아니지만 말이다.

이에 대해 유카와가 한 말이 있다. 요즘 일본 대학의 분쟁이나 일본인의 생활 방식을 두고 이런저런 이야기를 하던 중 그가 조금 다른 어조로 입을 열었다. "일본에 돌아가면 미국 사람들은 절대 사치스러운 생활을 하지 않는다는 걸 사람들한테 알려주시겠어요? 놀랍게도 미국인들은 실상 호화로운 생활을 하지 않더라고요."

유카와의 말마따나 내가 이번에 미국에 와서 보고 가장 놀라웠던 점도 바로 그것이었다. 20년 전에도 그랬지만 또 한 번 전쟁에서 승리를 거두고 세계 최강국이 된 미국의 현재 모습이 그러했다. 가령 최하층 노동자라도 먹는 건 일본 중산층 이상으로 먹는다. 하지만 아무리 어마어마한 부자라도 노동자보다 약간 더 좋은 음식을 먹을 뿐이다. 그러니까, 아무리 경제적 여건이 풍족한 사람일지라도 절대 필요 이상의 사치를 하지 않는다는 점이 참으로 놀라웠다.

유카와가 노벨상을 받고 가장 이득을 본 쪽은 일본 정부다. 다시 말해 국가 입장에서는 그냥 가만히 앉아서 득을 본 셈이다. 유카와에게도 물론 득이 된 부분이 있기는 하겠지만, 오히려 밑지는 부분도 있을 것이고 앞으로 부담을 져야 할 수도 있다. 그중에서 아마 정신적인 부담이 가장 클 것이다. 수상 소식을 듣고 이런저런 일을 계획하는 사람들이 생길 테고, 그 가운데는 유카와의 유명세를 이용하려는 사람도 적지 않을 것이다. 내가 이런 책을 쓰는 것도 그런 일 중 하나이겠지만, 이 정도는 약과다.

악의가 있는 건 아니지만 너무 영웅화하는 것도 그에게는 부담일 것이다. 축하 서신이나 방문객조차 너무 많으면 오히려 폐가 될 수 있다. 이런 상황이 아니었을 때도 그가 "일본에 편지를 쓸 일이 너무 많아 힘드네요"라고 말한 적이 있다. 본인 의사와 상관없이 유명세를 치르게 하는 일은 삼가는 게 좋다고 생각한다. 이제 와서 국회가 표창을 하려는 것도 순수한 의도는 아닌 듯하다.

여기에 더해 일본 정부는 유카와가 받은 노벨상 상금을 면세해달라고 미국에 요청할지 여부를 두고 시끄러운 논쟁을 벌이고 있다. 참 우스운 일이다. 세제에 대해서는 잘 모르지만 이것도 내가 볼 때 완전히 터무니없는 얘기다. 미국에서 이를 문제 삼는다고 해도 일본 정부에서 왈가왈부할 문제가 아니라는 얘기다. 닷새 이상 미국에 체류한 사람은 그 기간 미국에서 발생한 이득에 대해 미국 정부에 세금을 납부하게끔 되어 있다. 그래서 거주자는 물론 여행자라도 출국 시에는 세무서에 가서 체류 기간 발생한 소득을 신고하고 세금을 납부해야 출국 허가가 떨어진다. 미국에서 노벨상에 세금을 부과할지 여부는 아직 모르겠지만 어쨌든 그건 미국 정부에서 결정할 문제다. 비슷한 이야기가 하나 더 있다. 일본 정부 측에서 유카와에게 노벨상 상금으로 연구소를 세워줄 것을 요청했다고 한다. 순수한 동기로 한 이야기인지, 유카와 쪽에서 먼저 그런 발언을 했는지는 모르겠지만 이것도 참 재미있는 이야기다. 그런 연구소는 오히려 정부가 세워줘야 하는 것 아닌가? 앉아서 고스란히 이득을 본 정부가 그의 상금까지 가로채는 일은 없어야 할 것이다.

이런 이야기로 시끄러운 걸 보니 일본은 아직 멀었다는 생각이 든다. 일례로 영국의 C. T. R. 윌슨 교수는 노벨상 상금으로 케임브리지 교외 녹지에 취향껏 집을 지은 다음 응접실에 시상식 기념사진과 상장을 걸어두고 방문객들에게 사진을 설명하며 행복해했다고 한다. 그러면 충분한 것이다. 그것이 상금을 준 사람의 의사를 존중하는 방법이다.

유카와는 아직 젊으니까 저런 노교수를 따라할 필요는 없다. 하지만 그가 노벨상을 받았기 때문에 위대한 학자가 아니라 위대한 학자였기 때문에 노벨상을 받은 것이라는 사실만은 우리가 꼭 기억해야 한다.

1949년 11월

나가오카와
데라다

나가오카 한타로長岡半太郎* 선생과 데라다 도라히코 선생은 학문적인 데서부터 모든 면이 완전히 정반대라고 알려져 있다. 사실 겉으로 보이는 모습도 그랬다. 그뿐 아니라 실제로도 두 분 사이는 그다지 좋지 않았다.

그러나 두 분 모두 누가 뭐라든 다이쇼·쇼와 시대 훌륭한 학자임엔 틀림이 없다. 두 사람은 존중해야 할 부분은 서로 존중해주는 사이였다. 데라다 선생은 아무리 변변치 않은 인간이라도 그 사람의 장점만큼은 십분 인정하는 성품이었다. 당연히 나가오카 선생 같은 뛰어난 대선배의 학문에도 무한한 경의를 표했으며, 그분의 강한 성격까지도

* 1865~1950, 오사카제국대학 초대 총장과 제국학사원 원장 등 요직을 지냈다.

무사도 정신의 잔재로 이해하고 존중했다.

　한편 나가오카 선생은 남에게 지고는 못 배기는 성격이었지만 인정할 건 확실히 인정하는 분이었다. 일례로 지구물리학 방면에서만큼은 데라다 선생이 실력 면에서 당신보다 한 수 위라고 여겼다. 데라다 선생이 대학을 졸업하고 얼마 지나지 않았을 무렵, 나가오카 선생이 수산강습소* 겸임교수에 그를 추천한 적이 있었다. 나가오카 선생의 추천을 받다니…… 당시로선 상상도 할 수 없는 일이었다.

　나가오카 선생은 원래 원자물리학 쪽에 정통한 분이었지만 지구물리학에도 흥미를 느껴 지진연구소에도 몸담고 있었다. 지구물리학 논문도 많이 썼다. 내가 이화학연구소에 있던 시절 어느 날엔가 볼일이 있어 데라다 선생의 연구실에 들른 적이 있었는데, 때마침 나가오카 선생의 원고를 보고 계시던 참이었다. "나가오카 교수님이 논문을 봐달라고 하셨는데, 내용이 참 곤란해." 이렇게 말하며 선생은 여느 때처럼 특유의 쓴웃음을 지어 보였다. 그때까지만 해도 나가오카 선생이 지구물리학 관련 논문은 데라다 선생에게 미리 보여주곤 했던 모양이다.

　"요즘 나가오카 교수님이 종종 원고를 봐달라고 하시는

---

* 　지금의 도쿄해양대학.

데, 물론 당신도 지구물리학 쪽은 별로 자신 없어 하셨지만, 이 분야를 너무 가볍게 생각하셔서 그런지 실력이 영 아니야. 난감해 죽겠어. 요새 「위도 변화와 지진緯度變化と地震」이라는 제목으로 쓰신 논문을 봤는데 파장의 2분의 1이라고 적힌 부분이 있어서 최대한 조심스럽게 '교수님 이건 파장 아닌가요?'라고 여쭤봤더니 너무나 아무렇지 않게 '그렇다네'라고 하시는 거야. 그러더니 람다λ(파장의 기호)로 고쳐 쓰셨어. 나라면 저렇게 써놓고 무사태평하게 있지 못했을 거야. 어떻게 그러실 수 있는지 놀라워. 좌우간 대단한 분이야." 선생은 이렇게 말하며 혀를 내둘렀다.

아무래도 나가오카 선생에게 지구물리학은 취미생활 정도였던 것 같다. 데라다 선생도 이 점은 잘 알고 있는 듯했다. 그런데 그게 도를 지나쳐 지진연구소 강연회에서 발표한 논문을 너무 안일하게 쓰신 건지 거의 엉터리 수준이었다고 한다. 원자모형 제시라는 물리학에 남을 위대한 업적을 남긴 분인 만큼 그분이 쓴 지구물리학 논문에 대해서는 그저 노후 취미생활 정도라고 여기고 봐줄 수도 있었으련만, 유독 이런 면에 엄격한 데라다 선생으로서는 더 이상 참고 넘어갈 수가 없었던 모양이다.

그것이 드디어 폭발하는 사건이 발생했다. 지진연구소에서 열린 강연회에서였다. 내가 그 자리에 있었던 건 아니지만 행사가 끝난 후 친한 동료 교수인 쓰보이坪井와 미유키宮部가 '데라다 초등학교'로 찾아와 엄청난 일이 생겼다며 생생한 이야기를 전해주었다. 30년이 지난 지금도 마치 내가 그 현장에 있었던 것 같은 착각이 들 정도다. 어쨌든 그날 사건은 모두에게 엄청난 충격을 안겼다.

나가오카 선생의 열띤 강연이 끝나고 사회자가 "질문하실 분 있으면 하세요"라며 질문 시간을 주었다. 하지만 다들 침묵을 지켰다. 긁어 부스럼 만들지 않으려는 뜻이었다.

"그런데 갑자기 데라다 교수님이 벌떡 일어나서 이렇게 책상에 양손을 짚더니 떨리는 목소리로 그러는 거야. '교수님이 오늘 하신 강연은 순 엉터리입니다.' 완전 깜짝 놀랐잖아. 순간 다들 머리가 멍해지고, 교수님은 얼굴이 새파래졌어."

"에이, 설마. 진짜로 그러셨겠어?"

"아냐, 진짜라니까. 나가오카 교수님이 놀라 자빠지신 것 같았어. '자네, 있잖아. 여기에는 여러 가지 가정이 붙네.' '아니요. 가정의 문제가 아닙니다.' '그래도 지구물리학에는 반드시 가정이⋯⋯' '아니요. 지구물리학은 그런 학문이 아닙니다.' '뭐, 그렇게 강조하지 않아도⋯⋯' '지금 문제가 그게 아닙니다. 오늘 하신 강연은 처음부터 끝까지 다 엉터리입니다.' '아니, 자네 꼭 그렇게 심하게 이야기를 해야겠나?' '아니요, 정확하게 말하면 오늘 강연뿐만이 아닙니다. 요즘 교수님이 하신 강연은 전부 그렇습니다.' 이런 말이 오가는데 다들 너무 놀라서 아무 말도 할 수가 없었어. 그나마 다나카다테 아이키츠田中館愛橘 교수님이 '이봐, 자네', 하며 중간에 끼어들어 말을 보태는 바람에 겨우 한숨 돌렸지. 와, 아무튼 가관이었어."

그 일이 있은 후 한동안 실험실은 그날의 사건 얘기로 떠들썩했다. 당시 나가오카 선생의 권위는 요즘 사람들은 상상도 못할 정도의 것이었다. 그 와중에 짓궂은 사람들은 "교수님, 대단한 용기를 발휘하셨네요"라며 그 일을 반기고 흡족해하기도 했다.

데라다 선생이 고미야 도요다카小宮豊隆에게 "저런 교수는 한번 큰코다쳐봐야 정신 차려"라고 말씀하신 것도 그 무렵이다. 이 유명한 일화는 고바야시 이사무小林勇가 쓴 『데라다 도라히코를 회상하며回想の寺田寅彦』「서문」에 나오는데, 그 구절은 다음과 같다. "이는 데라다의 진리와 정의, 학문에 대한 순수한 열정에서 비롯된 것임이 분명하다. 상대의 지위나 명성에 굴하지 않고 잘못을 지적할 수 있는 그의 사내다운 용기다." 데라다 선생은 "명석한 두뇌와 여린 마음" 말고도 "불같은 심지와 오기"가 있었다. 고미야 도요타카는 이렇게 적었다. "데라다의 불같은 심지와 오기는 명석한 두뇌와 여린 마음의 소유자인 그가 사사로운 정에 휘둘리지 않도록 그를 잡아주었고, 나아가 그가 위대한 학자로서 과감히 도약할 수 있게 했다. 이 점이 내가 데라다를 볼 때마다 대단하다고 느끼는 점이다."

문제의 사건이 있고 나서 얼마 지나지 않아 데라다 선생을 만나 뵙게 되었다. 선생은 그날 내게 허심탄회하게 속마음을 털어놓았다. "나가오카 교수님은 이제 연세도 지긋하시고, 원래 지구물리학은 심심풀이 정도로 여기셨으니 뭐 어떻든 상관없지만, 그분의 영어 논문이 H. 나가오카라는 이름으로 다른 나라에 출판이라도 되면 워낙 해외에 이름이 알려진 분이라 다른 나라 사람들이 일본의 학문 수준을 이 정도로 알까 봐 걱정됐어. 아무래도 나라 망신 같아서 참을 수가 있어야지. 교수님껜 송구스럽지만, 도저히 그냥 넘어갈 수가 없었어."

두 분이 아직 살아 계셨다면 예의에 어긋나는 일이겠지만, 모두 고인이 되신지라 이런 이야기를 써도 큰 문제는 없을 것이다.

이 일화는 데라다 선생의 겸허함 속에 깃들어 있는, 정의 구현에 앞장서는 용감한 투사의 모습을 잘 보여준다. 고미야는 말했다. "실제로 데라다는 따뜻함 속에 무시무시한 비수를 품고 있다. 틀린 말을 했다간 바로 따귀라도 날릴 기세다. 하지만 실제로는 이와는 영 거리가 먼, 선하기만 한 사람이었다." 이렇게 오직 진리와 정의를 향한 데라다 선생의 뜨거운 열정은 물리학뿐만 아니라 삶에서도 활활 타올랐다.

마지막으로, 이 이야기를 지금까지 몇몇 친구에게 했더니 대부분 이런 반응을 보였다. "데라다 선생도 보통이 아니지만, 나가오카 선생도 참 대단하시네." 나도 물론 같은 생각을 했다. 당시 나가오카 선생이 학계에서 누린 지위와 권위는 제2차 세계대전 때 도조 히데키東條英機 수상의 그것과 맞먹는 수준이었다. 그런 대선배가 수많은 어린 제자 앞에서 그렇게 호되게 깨지고도 감정적으로 격앙되거나 분노한 모습을 보이지 않은 것이다. 이 사건은 나중까지도 문제 되는 일이 없었다. 일본 학계를 위하자면 경축해야 할 일이었다.

1951년 3월

켈리 박사

12월 초순경 일이 있어서 워싱턴에 다녀왔다. 사실 볼일이라고 해봤자 별일 아니었기 때문에 오랜만에 해리 C. 켈리*박사나 만나보고 와야겠단 생각으로 떠난 여행이었다.

켈리는 일본 자연과학계에서 널리 알려진 인물이다. 종전(1945) 직후 일본으로 건너 와 총사령부 경제과학국에서 자연과학 분야를 책임져온 물리학자다. 샌프란시스코 강화조약(1951)이 있기 바로 전까지 일본에 머물렀던 것으로 알려져 있으며, 일본에 대한 이해도 상당히 깊었다. 종전 후 패닉 상태에 빠져 있던 일본 과학계가 의외로 빠른 시

---

* 제2차 세계대전 이후 미일 양국에서 활동하며 일본에서 널리 알려진 미국 물리학자로 전기 『과학엔 국경이 없다*Science Has No National Borders*』의 주인공이다.

일 내에 되살아날 수 있었던 건 그의 극진한 보살핌 덕분이었다.

점령군 총사령부는 각종 정책을 시행했는데, 그중에서는 오늘날 혹평을 받는 사안도 더러 있지만 자연과학 분야에서만큼은 적절한 정책을 시행했고, 당국도 일본 과학계에 호의적이었다. 어쨌든 덕분에 일본 과학계는 우리가 애초 예상했던 것보다도 훨씬 더 빠르게 회복될 수 있었다.

일본은 실상 세계사에 길이 남을 패전국이 되었다. 그러고 8년 만에 패전국 일본에서 세계 이론물리학회 학술대회가 열리게 된 것이다. 그것도 동양이라는 불리함이 있는 나라에서 이런 행사가 열리게 된 건, 세계적으로도 유례가 없는 일이다. 여기에는 물론 유카와 히데키나 도모나가 신이치로를 비롯한 일본 이론물리학자들의 공이 컸지만, 그와 별개로 과학계가 소생하고 있었기 때문이기도 했다. 켈리의 숨은 공로도 여기에 한몫했다.

켈리를 처음 만난 건 종전 후 처음으로 맞은 초겨울이었다. 정확히 말하자면 처음 맞은 겨울이었는지 그 이듬해 겨울이었는지는 기억나지 않지만, 어쨌든 여전히 어려운 시기였다. 그 무렵 켈리가 홋카이도대학 연구실을 시찰하러 왔는데, 마침 석탄이 부족해 학교에 난방이 끊긴 상태였다. 삿포로에서 난방 없이 겨울을 나기란 불가능하다. 따라서 겨울 학기 4개월 동안은 학교도 휴강을 하고 병원도 절반 가까이 문을 닫은 상황이었다. 당연히 수술도 일주일에 한 번 정도나 할 수 있었다. 수술실을 매일 난방할 수 없었기 때문이다. '맹장에 걸릴 거면 여름까지 기다려야 한다'는 농담도 나왔지만 정말 사정이 딱한 응급 환자도 있었을 것이다. 저온연구실은 군사시설로 징발된 상태였다.

켈리는 이런 문제를 조사하고 해결하는 데 많은 애를 썼다. 더구나 문관이 군인 하는 일에 이래라저래라 간섭하기란 미국에서뿐만 아니라 일본에서도 굉장히 어려운 일이었는데, 그럼에도 불구하고 그는 저온연구실 징발 철회에 큰 힘을 실어주었다.

삿포로를 방문했을 때 그런 켈리에게 평생 잊지 못할 큰 사건이 발생했다. 이시카리강石狩川* 어귀를 시찰하러 갔다 오는 길에 일어난 일이다. 삿포로에서 이시카리강 어귀까지 거리는 20킬로미터나 되는데, 겨울철에는 말수레가 유일한 교통수단이다. 수레는 멀미 때문에 대개 덮개를 씌우지 않고 달린다. 그래서 강한 바람에 눈보라까지 몰아치는 날이면 아무리 옷을 두껍게 입고 담요로 꽁꽁 싸매도 한두 시간만 지나면 뼛속까지 얼어붙기 마련이다.

* 홋카이도에서 가장 긴 강으로 삿포로시를 향해 흐른다. 일본에서는 세 번째로 긴 강이다.

시찰을 마친 켈리가 돌아가려고 보니 이미 저녁 무렵이었고, 갑자기 세찬 눈보라까지 몰아치기 시작했다. 겨울 홋카이도는 다섯 시만 돼도 사방이 보이지 않을 정도로 어두워진다. 깜깜한 이시카리의 허허벌판에서 눈보라를 만난다는 건 위험천만한 일이다. 마부도 당황한 나머지 부지런히 달려보았지만 가도 가도 어두컴컴한 벌판만 펼쳐졌고, 눈보라는 점점 더 거세지기만 했다. 조난 일보 직전까지 가는 듯했다.

그때 다행히 저 멀리서 희미한 불빛이 보였고, 일행은 일단 그 불빛을 따라가 도움을 청하기로 했다. 막상 가보니 허름한 집 한 채가 나왔다. 그곳에는 예순쯤 돼 보이는 꼬부랑 노파 한 분이 살고 계셨다. 물론 영어라곤 한마디도 모르는, 심지어 일본어도 잘 통하지 않을 것 같은, 홋카이도의 외진 시골에나 가야 만날 수 있는 노파였다.

그는 켈리를 서둘러 방 안으로 들이고 화롯불 옆자리를 내주었다. 물론 손짓으로 말이다. 그리고 화로에 장작을 가득 넣어 그의 꽁꽁 언 몸을 따뜻하게 녹여주었다. 홋카이도에서는 갑자기 눈보라가 치는 날이면 켈리처럼 도움을 청해오는 행인이 왕왕 있기 마련이라, 노인도 그런 상황에 어떻게 대처해야 하는지 잘 알고 있었던 것이다. 그는 〔켈리를 위해〕 물을 따뜻하게 끓여주고 밤새 장작도 피워주었다.

화로에 연통이 없어 연기로 가득 찬 방에서 켈리는 그 노인과 마주 앉아 밤을 꼬박 새웠다고 한다. 밤새 두 사람은 말 한마디 나누지 못했지만, 그는 당시 상황을 다음과 같이 회고했다. "말은 단 한 마디도 통하지 않았지만 그런 건 전혀 필요 없었다. 노인이 말하고자 한 것을 나는 전부 알아들었다. 생각까지도 완전히 읽을 수 있었다. 일본인의 '말'을 그토록 잘 알아들었던 적은 그날 이후로 단 한 번도 없었다."

　이번에 워싱턴에서 만났을 때도 그는 미국으로 돌아가기 전 그 노인을 다시 한번 찾아뵙지 못한 것이 못내 아쉽다는 말을 했다.

1954년 4월

3장

일상의 과학

토끼 귀

얼마 전 모 대학의 젊은 의학자 T에게서 토끼 귀는 멋으로 달린 게 아니라는 재미있는 말을 들었다. T는 전형적인 학구파로 매일 새벽 두 시까지 책을 읽고 아침 여섯 시면 어김없이 연구실로 향한다. 그러고는 지저분한 연구실 한귀퉁이에서 토끼 귀에 주사를 놓거나 내 팔에 주사를 놓기도 하며 토끼와 나를 똑같이 취급한다. 고위층 사람이나 대단한 재력가라도 이 실험실에서는 토끼와 같은 부류에 속할 뿐이니 나 정도는 토끼와 같은 취급을 받는다 한들 그것만으로 족하다.

T는 예전에 토끼에게 발열요법을 시행해보고자 유황을 주사한 적이 있었다고 한다. 그런데 사람이라면 심한 고열이 나고도 남을 정도로 다량의 유황을 주사했는데도 토끼

에겐 아무 변화가 없었다. 아무래도 이상해 주사액 투여량을 점점 더 늘려보았지만 토끼의 체온은 조금도 오르지 않았다. 그래서 T는 토끼 귀가 체온을 조절하는 게 아닐까 의심해보았다고 한다. 넓은 표면적에 굵은 혈관까지 많이 있기 때문에 열 분산기관으로는 안성맞춤이기 때문이다. 그래서 당장 약을 바른 뒤 토끼 귀를 떼어내고 다시 유황을 주사해보았더니 과연 점점 체온이 상승했다고 한다.

동물학자도 아니었던 그가 토끼 귀의 기능을 연구하려한 건 아니다. 이런 내용이라면 동물 전문가에게 물어보면 금방 알 수 있을 것이다. 하지만 금시초문이라는 동물학자도 있는 걸 보면 의외로 잘 알려지지 않은 사실 같기도 하다. 어떻든 간에 내게는 참 재미있는 이야기였다. 토끼가 얼마나 인간과 비슷할지는 모르지만, 요전에 비둘기를 이용한 실험 결과를 바로 인간에게 적용한다는 이야기를 신문에서 읽고 무서웠던 참이었다.

최근에 배아미가 많이 보급되고 영양가도 높다는 연구 결과가 나왔다. 그랬더니 흰쌀을 금지시키자는 얘기가 한때 국회에서까지 논의되는 걸 보고 깜짝 놀란 적이 있다. 일단은 무산되어 안심하긴 했지만, 어쨌든 국무회의에서까지 논의된 사안이기 때문에 언제 또다시 언급될지 알 수 없는 일이다. 신문에서 읽었는데, 특히 오사카에서는 실제로 흰쌀 금지령을 내렸다는 이야기가 있다. 오사카는 중학교 입학시험을 일본사 한 과목만 보게 하거나, 초등학교 학생들에게 다른 신발은 못 신게 하고 나막신만 신도록 하는 기이한 정책을 많이 시행하는 곳이다 보니 흰쌀 금지령 정도는 가능할 법도 하다. 일본사가 중요한 과목이고 신발에 쓰이는 가죽을 아껴야 한다는 건 명명백백한 사실이지만 그렇다고 해서 그게 법령으로 정해야 할 문제는 아닐 것이다. 그러면 교육은 필요 없다는 말이나 마찬가지일 테니까.

무엇보다 이런 현상이 일어나는 데는 학자들의 책임이 크다. 많은 학자가 일반인의 지식 수준을 너무 얕보는 게 아닌가 싶다. 어차피 전문적이고 어려운 내용은 잘 모른다고 생각하면서 일상생활에 직접적인 관계가 있는 연구 결과라도 그 결과만 간단히 알려주는 경향이 있으니 말이다. 예를 들어 '흰쌀은 영양가가 적고, 배아미에는 비타민이 있다'라는 식의 연구 결과만 발표하면, 그 사실을 곧이곧대로 받아들인 사람은 흰쌀을 금해야겠단 생각을 충분히 할 수 있다는 얘기다.

사실 우리 집에서도 배아미를 먹은 적이 있다. 식자들 집안은 다 배아미를 먹는다고 하여 우리 집사람도 내 반대를 무릅쓰고 배아미 소비에 동참했던 까닭이다. 내가 반대했던 이유는 그저 흰 쌀밥이 맛있어서였기 때문에 특별히 배아미를 거부할 이유는 없었다. 그래도 "오랫동안 우리에게 익숙해진 것은 조금 미진한 점이 있더라도 바꾸는 게 아니다"라는 모토오리 노리나가本居宣長의 말까지 빌려가며 얘기는 해봤지만, 내심 배아미를 먹고 건강해질 수 있지 않을까 하는 생각도 들어 순순히 당분간 먹어보기로 했다. 하지만 결과는 좋지 못했다. 나나 애들이나 설사와 배탈이 나서 먹기를 그만두었다. 상황이 이러니 흰쌀을 금지한다는 소문에 겁을 먹는 것도 무리는 아니다.

그래도 정말 이상하기는 하다. 아무리 비상시국이어도 약한 놈들은 다 없애버리겠다는 의도는 아니었을 것이다. 아마도 밥을 하는 방법에 문제가 있었거나 다른 이유가 분명히 있었을 것이다. 그래서 배아미에 관한 책이라도 있으면 읽어볼 요량으로 의사인 친구들에게 물어보았더니 다들 별다른 대답이 없었다. 아무래도 적당한 책이 없나 보다. 도쿄대학 연구실에서 진행한 연구는 논문으로 더러 출간되었는데 대부분이 비둘기에게 배아미와 흰쌀을 먹인 후 비교 실험한 것이라고 한다. 비둘기니까 당연히 생쌀을 주었고 별도의 부식은 주지 않았다고 한다. 그 결과 흰쌀을 먹은 비둘기는 각기병(비타민B1 결핍증)에 걸렸지만, 배아미를 먹은 비둘기는 걸리지 않았다. 또한 각기병에 걸린 비둘기에게 배아미를 먹였더니 각기병이 나았다고 한다. 이런 연구는 당연히 매우 가치 있는 연구이며 각기병의 본질이라든가 배아미에 함유되어 있는 영양소의 효능이 어떤 것인지 밝혀내는 데 탁월한 공적을 세웠다는 점에서 대서특필될 만하다.

그래서 인간도 다들 배아미를 먹으면 좋을까 하면, 그건 얘기가 좀 달라진다. 특히 그것을 법령으로 제정한다면 문제는 더욱 심각해진다. 간단하게 생각해봐도 비둘기는 모래주머니가 있지만 사람은 없다. 물론 농담이긴 하지만, 위장이 약한 사람이나 어린아이들이 과연 쌀눈에 함유된 비타민을 장에서 흡수할 수 있을까? 반찬에 어느 정도 비타민이 들어 있다고 할 때, 필요한 양 이상의 비타민을 먹는다면 먹은 양에 비례해 효과가 있는지에 대해서도 연구가 선행되어야 할 것이다. 게다가 배아미가 될 수 있는 쌀은 일본에서 많이 나오지 않기 때문에 품종 개량이라든지 도정기의 개선 등 농업 행정 분야에도 중요한 과제가 있다. 그쪽은 차치하더라도 영양학적인 연구 정도는 있지 않을까 싶어 T에게 물어보았더니, 그가 대답했다. "제가 직접 해본 적이 있어요. 노인과 어린아이에게 배아미를 먹이고 그 변을 살펴보았더니 쌀눈이 그대로 배출되어 있더라고요. 그것을 씻어 쌀눈만 비둘기에게 먹여보았더니 각기병이 치료되었습니다. 배아미가 그냥 배를 통과했다고 보면 돼요.""그러면 안 되는 거 아니에요?" 그 말을 듣고 내가 묻자 T는 그저 히죽히죽 웃기만 했다.

"그러면 음식물을 익히면 그 안에 들어 있는 비타민이 파괴된다는 말은 맞는 얘긴가요?" 내가 물었더니 또 의외의 대답이 돌아왔다. "실험실에서 익혔을 때 얘기겠지요." T의 설명은 이랬다. 그는 나뭇잎 표면에 직사광선을 쏘이면 표층에 가까운 부분이 뜨거워지지만 그 안의 비타민은 파괴되지 않는 점에 착안해 녹차에 비타민C를 넣고 팔팔 끓인 후 거기에 함유된 비타민C의 양을 조사해보았다고 한다. 그랬더니 95퍼센트가 그대로 남아 있었다. 동일한 조건에서 증류수로 끓여보니 이제껏 알려졌던 바와 같이 당연히 비타민C가 완전히 파괴되었다고 한다. T가 자부심을 느낄 만한 연구였다. "반찬에 든 비타민이 어떻게 되는지는 잘 알 수 없어요. 주방에서 익힌 거랑 실험실에서 익힌 거랑은 차이가 있으니까요." T는 그렇게 말하며 씨익 웃어 보였다.

이런 얘기를 듣자 하니 학술 연구를 실생활에 적용할 땐 정말 많은 주의가 필요하겠다는 생각이 들었다. 무엇보다 대중에게 과학적 연구 결과를 발표하거나 설명할 때는 일반인의 지적 수준을 절대로 얕봐서는 안 된다. 그리고 비전공자들에게도 역시 조건을 명시하여 연구 결과를 설명해야 한다. 연구자에게 그런 자질이 부족하다면 정말 어쩔 수 없는 일이겠지만, 그런 사람은 거의 없을 것이다.

'비타민C를 증류수에 넣고 몇 분간 끓였더니 파괴되었다'를 '비타민C는 가열하면 파괴된다'라고 말하거나, '비둘기에게 배아미를 먹였더니 각기병에 걸리지 않았다'는 연구를 '배아미를 먹으면 풍부한 영양을 섭취할 수 있다'라는 식으로 설명하는 건 다시 생각해볼 문제다. 그러나 연구자가 그런 뜻으로 발표한 건 아니기 때문에, 사람들이 실험 결과를 듣고 오해한 것일 수도 있다. 그리고 전문 학자들은 물론, 학술지에 실린 논문은 연구의 의미를 잘 이해하고 그 가치 평가가 충분히 이루어진 다음에 발표되는 것일 테니, 그들의 연구나 결론 자체를 비난할 생각은 추호도 없다. 단지 그것을 비전공자에게 설명할 때는 좀더 친절하게 연구 내용과 조건을 명시하면 오해의 소지도 줄어들 것이라는 얘기다. 내 전공인 물리학은 제쳐놓고 다른 분야의 학문만 비난의 대상으로 삼는 듯하지만, 내가 전공하지 않은 학문이어야 연구 결과를 오해하기도 하고 진실을 깨닫기도 하는 경험을 할 수 있다. 물론 물리학 분야에서 많은 사람에게 이와 유사한 오해를 불러일으키고 있지는 않은지 내심 두려워지지만 말이다.

배아미에 대해서는 한 의사에게서 이런 이야기도 들었다. "육군 부대에서 배아미를 먹게 했더니 각기병이 현저하게 줄었다고 합니다. 역시 배아미가 효능이 있네요." 만약 그게 사실이라면, 이는 매우 결정적인 증거가 될 수 있다. 인간을 대상으로 실제 이러한 실험 결과가 나왔다면 그것만큼 확실한 증거는 없기 때문이다. 혈기왕성한 군인들을 대상으로 했기 때문에 그 결과를 바로 노인이나 아이들에게 적용하기는 어렵지만 말이다.

그런데 이런 내용으로 어느 신문에 칼럼을 썼더니 나흘에서 닷새쯤 지나 육군 군의관인 I 소령이라는 이가 편지한 통과 첨부 자료를 보내 왔다. 그 편지에는 육군 부대에서 배아미를 사용했더니 각기병이 줄었다는 것은 전혀 사실이 아니며, 그 잘못된 소문 때문에 육군이 앞장서서 배아미를 광고하고 다니는 것처럼 보여 매우 난처하다는 내용이 적혀 있었다. 첨부 자료는 어느 논문의 사본이었다. 논문 제목은 「육군 병영식 현황陸軍糧食給與ノ實況」이었는데, 내용이 매우 흥미로웠다. 군대가 처음 생겨났을 당시 구미를 모방하려는 풍조가 부대에도 들어와 쓰케모노漬物*를 없애자거나 밥 대신 빵으로 바꾸자는 논의가 진지하게 제기되기도 했지만, 이시쿠로石黑 자작의 노력으로 일본군 특유의 오늘날 병영식이 생겨났다고 한다. 논문은 대부분 칼로리

* 일본식 채소 절임.

에 관한 내용이었지만, 그중엔 이런 구절도 있었다. "근래 들어 육군 부대에서 배아미를 많이 사용하고 있으나, 통계를 보면 각기병 발병률 감소에 특별한 영향을 미친다고는 볼 수 없다." 첨부된 통계표를 보니 실제로 군대가 처음 생겨났을 당시 매우 흔했던 각기병은 보리밥과 부식의 영향으로 현저히 줄어들고 있었다. 그런데 표에 따르면 각기병이 현저하게 감소하기 시작한 것이 15년 전부터이므로 러일전쟁 때부터 식량으로 사용한 보리밥과는 전혀 무관했다. 따라서 부식이 중요한 요인으로 작용했음을 알 수 있다. 러일전쟁 당시 일시적으로 각기병이 늘어났다는 얘기도 있지만, 그 점은 여기에선 다루지 않기로 한다.

이렇게 제대로 된 논문을 조금만 읽어도 금방 알 수 있는 사실을 지금까지 몰랐다니 참 바보 같은 이야기다. 하지만 다르게 생각해보면 이렇게 간단한 과학 지식 정도는 누구나 알 수 있도록 보급되었어야 마땅하다. 하지만 설령 그랬다 해도 꽤 많은 사람이—특히 영양학적 지식이 있는 사람들조차—이를 잘 이해하지 못했을 것이다. 과거 육군 부대에 각기병이 매우 흔했다는 점, 지금은 많이 줄었다는 점, 배아미를 사용하는 부대가 많이 늘었다는 점 모두 사실이지만, 그 사실만 가지고는 육군 병영식에 대해 배아미가 각기병 방지에 탁월하다는 사실을 입증하는 자료로 오해

될 소지가 충분하다.

학자 중에는 신문 기자를 싫어하는 사람이 많다. 그도 그럴 것이, 잘못된 내용을 기사로 쓰기 때문이다. 그러나 요즘 시대에 그런 일은 거의 없다. 그보다 사실을 과장하거나 왜곡해서 쓰는 것이 더 큰 문제라고들 한다. 이는 핵심을 찌르는 이야기로, 오늘날 저널리즘의 본질이 무엇인지를 일깨워준다.

'군부대 급식과 배아미' 같은 이야기는 저널리즘의 병폐와 일맥상통한다. 학자라고 해서 신문 기자를 다 싫어하는 것은 아니다. 예외적으로 신문에 이름이 실리는 것이 명성을 드높이는 일이라는 구시대적 사고방식을 가진 학자도 있지만, 그런 사람까지 굳이 여기서 거론할 이유는 없다.

저널리즘의 병폐에 대해 이야기하다 보니 갑자기 생각났는데 T는 재미있는 이야기를 하나 더 들려주었다. 어느 날 오후 T는 니켈 도금이 된 통 안에 토끼를 집어넣고 꼼짝 못 하게 한 상태에서 입만 강제로 벌려 녹차 가루를 반죽해 먹였다. 토끼는 괴로워하며 발버둥 치다 수염이나 코가 온통 녹차 범벅이 됐다. "신장 기능을 검사하는 실험인데요. 동전 모양 초콜릿을 이런 식으로 토끼에게 먹이면 토끼는 죽습니다." T의 얘기였다. "초콜릿은 보통 초콜릿을 말하는 건가요?" "네 맞아요. 보통 시중에서 파는 동전 모양 초콜릿이에요. 하지만 저는 사람이 초콜릿을 먹으면 죽는다고는 말하지 않으니 걱정 마세요." 내 물음에 T는 다른 학자를 빗대어 말했다. 초콜릿은 운이 좋았고 흰쌀은 운이 나빴다고 볼 수밖에 없다.

요즘 군인들의 병영일지가 가끔 신문에 실린다. 그중에서 백옥처럼 빛나는 일본 쌀이 배급되었을 때 군인들이 얼마나 기뻐했는지를 적은 글을 읽고 너무나 마음에 와닿았다. 이렇게 되면 흰쌀 금지는 가볍게 논할 문제가 아니다. 하지만 그건 사람들이 흰쌀에 익숙해져 있기 때문이지, 처음부터 전 국민이 배아미처럼 완전히 도정하지 않은 곡물에 익숙해져 있었더라면 별문제가 아니라는 얘기가 나왔을지도 모른다. 그러나 이 건에 대해서는 그렇게 간단히 결론 내리지 말았으면 싶다. I씨 논문 마지막에 독일 이야기가 일례로 나온다. 제2차 세계대전 당시 독일군이 식량이 부족한 최악의 상황에서도 제1선에서 그다음 교대 병사에게 '카르펜karpfen'*을 한 마리씩 나누어주었다는 얘기다. 이런 전우애는 생선 한 마리당 단백질 몇 그램, 지방 몇 그램, 칼로리 얼마를 계산해서 제공하려는 행위와는 전혀 다른 문제라고 그는 덧붙였다. 그렇다고 하면 군인은 단순한

---

* 독일에서 볼 수 있는 잉어의 한 종류.

생각이 장점이고 학자에겐 깊은 생각이 장점이라는 기존의 사고방식이 아무래도 뒤바뀐 것 같다는 생각이 든다. 하지만 아무래도 상관없다. 단순한 생각이나 깊은 생각이나 상황에 따라 모두 훌륭한 미덕이 될 수 있으니.

이렇게 적고 보니 왠지 영양학에 대해서는 일절 아는 것도 없으면서 함부로 배아미를 안 좋게 얘기한 것처럼 보일 수 있지만, 그럴 생각은 전혀 없다. T가 조사한 연구 결과를 봐도 건강한 장년층에게 배아미를 먹이고 그 변을 조사해보았더니 쌀눈 껍질에 작은 구멍이 뚫려 있어 내부의 비타민이 흡수된 흔적이 상당 부분 있었다고 한다. 그러니 건강한 장년층 중에 배아미를 좋아하는 사람이 있다면 그것을 자주 섭취하는 것도 바람직하다고 할 수 있다. 하지만 그렇다 해도 흰쌀을 법으로 금지한다는 것은 지나치게 극단적인 처사임에 틀림없다.

먼 옛날 어느 시골 마을에 콜레라가 대유행한 적이 있었다고 한다. 그 무렵 호쿠리쿠 지방의 시골 오지에서 일하는 의사들은 생수가 콜레라의 발병 원인이라며 환자에게 절대로 물을 마시지 못하게 했다. 그래서 환자 대부분이 갈증에 괴로워하다 죽음을 맞이하게 되었는데, 그중에서 몰래 물을 마셨던 사람은 살았다는 이야기다. 이 얘기의 진위 여부는 확인할 수 없지만 그런 일이 있을 수도 있었겠구나

하는 생각이 든다. 우리도 어렸을 때 배탈이 나면 어른들이 물을 못 먹게 했던 기억이 난다. 하지만 설사가 심할 땐 수분 보충이 가장 중요하다는 현대 의학의 상식으로 보면 그때 그 의사들이 콜레라 환자들을 죽인 꼴이다. 하지만 나도 같은 학문을 연구하는 사람인지라 때에 따라서는 어쩔 수 없었을 것이라는 생각도 든다. 어찌 됐건 그 시대의 의학 지식으로는 콜레라에 걸렸을 때 물을 마시지 않는 것이 좋다고 하면, 하는 수 없이 그에 따라야 했을 것이다. 문제는 물을 마시는 걸 법으로 금했다면, 유가족은 언제까지나 그 법을 원망하고 있을 것이라는 점이다.

이런 예를 흰쌀 금지에 비유하는 것은 조금 과할 수도 있지만 고양이를 설명하는 데 호랑이를 대동했다고 할 만한 비유가 아닐까 싶다. 그나저나 가장 이해할 수 없는 대목은 흰쌀 금지라는 중대한 문제가 국민을 책임지는 높은 위치에 있는 사람들 사이에서 진지하게 논의되었다는 점이다. 이 이야기는 몇 년 지나면 완전히 우스갯소리가 될지도 모르지만 현시대의 정치색을 보여주기 딱 좋은 사례가 될 것이다. 이런 비상 상황에서는 무엇이든지 법령을 제정하여 시행하지 않으면 소용이 없을 수도 있다. 그리고 그 자체가 좋은지 나쁜지 우리에게 알려주거나 논의해야 할 사항도 아니다. 단 그런 사안이라도 결정을 내리는 데 있어

과학적인 근거가 있다고 말할 때는 상당히 주의를 기울이지 않으면 안 된다. 과학적 증거라고 생각했던 것이 의외로 비과학적일 때도 있기 때문이다.

통계만큼 확실한 것도 없지만 통계만큼 거짓인 사안도 많다는 말이 있다. 마찬가지로 과학적 연구에서도 자칫 잘못하면 엉뚱한 비과학적 결론이 도출되기 쉽다.

'과학을 존중하라'는 것과 '과학을 경계하라'는 것은 모두 일리 있는 말이다.

1938년 12월

덧붙이는 말:

이 이야기를 쓰고 나서 2년도 채 지나지 않아 결국엔 흰쌀금지가 단행되어 지금은 배아미나 칠분도미가 주식이 되었다. 그러나 이번에는 이야기가 다르다. 식량 절약이 주된 이유라고 하니 여기서는 현재의 법령에 대해서는 논하지 않도록 하겠다.

쌀알 속 부처님

미미는 태어난 지 2개월밖에 안 된 새끼 고양이지만 페르시안고양이라 그런지 가늘고 긴 털이 〔벌써부터〕 풍성하다. 매일 틈만 나면 아이들한테 매달려 응석을 부리는 통에 성가시긴 하지만 점잖고 의젓한 고양이다. 주방 구석에 밥그릇을 놓아두면 어느샌가 와서 바닥까지 싹싹 비우고 가버린다. 보통 고양이는 밥을 남기거나 흘려서 주변을 어지럽히기 마련인데, 미미는 좀 특이한 고양이다.

오늘 아침 아이들과 함께 밥을 먹고 있는데, 이 얘기가 나왔다. 미미도 바로 옆 주방 마루 위에서 가다랑어포와 따뜻한 밥을 된장국에 만 밥그릇을 앞에 놓고 얌전히 앉아 밥이 식기만을 기다리고 있었다. 그때 문득 어린 시절 시골집에서 있었던 일이 생각났다. 시골집에는 커다란 하얀 고양이가 있었는데, 할머니가 녀석을 무척 예뻐했다. 할머니가 이렇게 말씀하신 게 생각났다. "쌀알 하나하나에는 부처님이 계시지만 고양이가 먹으려고 하면 부처님이 도망가버리시니 사람이 먹을 때처럼 맛있지가 않아. 그래서 고양이는 꼭 밥을 남기게 마련이지. 그게 좀 딱해 보여." 그래서 그 이야기를 애들한테 들려주었더니 올 4월부터 학교에 입학하는 첫째 딸이 눈을 동그랗게 뜨고 듣고 있다가 밥을 다 먹고는 내게 빈 그릇을 보여주며 말했다. "부처님이 한 명도 안 붙어 있죠!"

과거에 혜택을 못 받은 홋카이도 한촌에서는 모든 물자가 귀했다. 특히 쌀은 신앙과도 같아서 할머니 눈에는 쌀알 한 톨 한 톨이 부처님으로 보였던 모양이다. 그래서 아이들에게는 모든 물건을 소중히 다루는 것이 제일이라고 가르치셨다. 식사 시간에 흘린 밥을 주워 먹는 것도 위생적인 면이라든가 경제적인 면을 떠나 절대적인 것이었다. 그 하나하나가 부처님이었으니. 이런 생각이 일본 농촌 지역에 널리 퍼져 있었지만, 특히 호쿠리쿠 지방과 도호쿠 지방 일본 동해 연안에 뿌리 깊게 공유되어 있었다. 하지만 도시에서 자란 집사람은 맥락은 비슷하지만 약간 다르게 배운 것 같다. 이 이야기가 나왔을 때 집사람은 자기네도 어릴 때부터 쌀알 한 알 한 알에는 농부의 노고가 담겨 있으니 한 알도 소홀히 해서는 안 된다는 말을 자주 들었다고 했다. 쌀알 속 부처님이라는 표현과 알알이 농민의 노고가 담겨 있다는 말은 직접 농사를 지었느냐 아니냐에 따른 표현의 차이라고 보면 된다. 아니면 세대 차이일 수도 있다.

애들은 이런 이야기를 잘 알아듣지 못할 것 같아 둘이서 아무렇지 않게 이야기를 나누고 있었는데, 아이들에게는 뜻밖의 충격이었던 모양이다. "뺨에 부처님이 붙어 있어." 큰 애가 이렇게 말하며 작은 애를 가르치는 정도는 괜찮았는데, 방바닥에 흘린 부처님들까지 주워 먹으려고 해서 당황했다. 전혀 의도치 않게 약발이 과하게 먹힌 것이다. 그래서 바로 말을 바꾸어 방바닥에 흘린 쌀에선 이미 부처님이 도망갔다고 이야기해주었더니 더 이상은 주워먹지 않았다. 나는 원래 흘린 밥풀을 주워 먹는 것쯤은 그냥 놔두어도 괜찮다는 입장이지만 아이들이 잦은 병치레에 시달리다 보니 아예 못하게 하는 편이 좋을 것 같아 그렇게 했다.

요즘 들어 중요한 것은 돈이 아니라 물건이라는 얘기에 관심이 쏠리고 있다. 당연한 얘기로 지금까지 왜 그런 생각을 하지 않았는지 이해가 안 갈 정도다. 그러고 보니 어렸을 때 성냥을 소홀히 해서는 안 된다는 말을 귀 따갑게 들었던 기억이 난다. 성냥 하나는 쌀 열일곱, 스물일곱 알과 맞먹기 때문에 소중히 생각해야 한다고 배웠다. 그런 이야기는 좀처럼 잊히지 않는다. 한때 성냥을 긴자銀座 거리에서 마구 나누어주거나 다방 같은 곳에서 아무나 가져가라고 입구에 산더미처럼 쌓아두기도 했던 광경을 할머니가 봤다면 뭐라고 하셨을까 궁금하다. 하지만 성냥에 세금을 부과하면 이런 일본 특유의 광경도 이제 볼 수 없게 될 것이다. 성냥에 쓰이는 나무는 매우 한정되어 있다고 한다. 일본 전역에서 매년 성냥 재료로 사용되는 목재의 양이 정확히 얼마큼인지는 모르겠지만 상당히 많은 양일 것이다. 그리고 그 절반 정도는 불필요하게 낭비되는 듯하다. 일본인도 서양인처럼 성냥을 소중히 하는 습관을 들였다면 분명히 그 사용량이 절반 정도로 줄 것이다. 정말 그렇게 된다면 성냥 제조 회사에서 항의가 들어올지도 모르지만, 홋카이도의 깊은 산 속에서 자라는 멋진 나무들이 잘려나가는 광경을 생각하면 성냥뿐만 아니라 모든 목재를 소중히하는 것이 결코 부적절한 일은 아니라는 생각이 든다. 한겨울에 도카치다케산에 연구차 몇 번 다녀온 적이 있는데, 그때 산지기 노인이 나무를 소중히 여기는 모습에 내심 감탄한 적이 있었다. 커다란 아름드리나무가 잘리는 것을 보며 노인은 추운 지방의 침엽수가 얼마나 느리게 성장하는지 이야기해주었다. 그는 코앞에 있던 지름 15센티미터 정

도의 분비나무 묘목을 가리키며, 저만큼 자라는 것도 20년 정도는 걸려야 한다고 탄식했다. 노인의 눈에는 깊은 산속 나무의 생명이 마치 조국의 생명과도 같아 보였던 것이다. 내각이 어찌 됐건, 영미와의 문제가 어찌 됐건, 노인에게는 그저 눈 속에서 푸른 자태를 뽐내는 침엽수림이 울창한 동안에는 일본 정세도 평안 무사할 거라고 여겨지는 듯했다.

이 노인에게는 나무가 그만큼이나 중요한 의미인 데 반해, 목재를 판매하는 사람에게는 나무가 그리 중요하지 않다는 뜻밖의 이야기를 들었다. 도시에서 팔리는 가격에서 운임비를 뺀 게 그 목재의 가치라고 여겨지기 때문이란다. 역시나 들어보니 일리 있는 소리로 아무리 귀하고 훌륭한 목재라도 운송비가 너무 많이 들면 결국 상품 가치는 떨어진다. 운임비를 빼서 마이너스가 되면 밑질 때도 있다. 이 야기를 들으니 경제구조가 문제라는 생각도 들었지만, 석탄이 됐건 뭐가 됐건 마찬가지이므로 그런 것을 지금 와서 새삼 의아하게 생각하는 것이 더 이상한 일일지도 모른다.

홋카이도와 같은 곳에서는 겨울이 아니면 깊은 산 속에 있는 나무를 나를 수가 없다. 눈이 많이 쌓이면 여름엔 발도 들여놓지 못했던 깊은 산 속까지 말 썰매가 다닐 수 있고 커다란 아름드리나무도 생각보다 쉽게 옮길 수 있는 까닭이다. 옛날에는 평범한 형태의 썰매가 이용되었지만 지

금은 기존의 것을 조금 재미있게 변형한 썰매를 눈길 운반에 이용하고 있다. 앞뒤로 분리된 두 개의 썰매가 한 쌍을 이루어 그 위에 긴 목재를 싣고 말이 썰매를 끈다. 이 썰매엔 바치바치パチパチ*라는 좀 특이한 이름이 붙었는데, 〔바치바치 썰매를 개발한 건〕 매우 기발한 아이디어로, 꼬불꼬불한 좁은 눈길에서 긴 목재를 운반하는 데는 이 썰매가 제격이다. 보기차** 원리를 직접 발견하고 이를 바치바치 썰매에 응용한 사람이 누구인지는 아직까지 알려지지 않았지만 추측해보자면 아마도 다른 지역에서 일하러 온 인부 중 한 사람이었을 것이다. 기존 썰매를 이용했던 옛날에는 긴 목재를 옮길 수가 없었다. 바치바치 썰매를 발명한 이는 목재를 눈길에서 운반하는 데 큰 공을 세운 셈이다. 목재의 상품성 향상에 위대한 공헌을 한 이 사람은 현장에서 감독하는 사람에겐 칭찬을 받았을지 몰라도, 이름은 전혀 알려지지 못했다.

바치바치 썰매에 대해 이처럼 자세히 쓰는 이유는 사실 지난겨울부터 바치바치 썰매에 대한 물리학 연구를 시작했기 때문이다. 처음에는 이 연구를 군이 왜 해야 하나 싶

* '바치바치ばち-ばち'는 달각달각, 덜거덕거리는 소리를 뜻하는 의성어다.
** 바퀴를 직접 차체에 붙이지 않고, 바퀴가 달린 굴대 위에 차체를 올려 회전이 자유롭고 충격은 덜하도록 만든 차.

었으나, 벌써 시작했으니 어쩔 수 없는 일이었다. 물리학 연구라고 해봤자 그리 어려운 작업을 하는 것이 아니라 눈길 위의 썰매 저항을 측정하고 설질이나 하중과 저항의 관계를 알아보는 간단한 일이다. 이 실험의 묘미는 말과 바치바치 썰매를 사용해 실제로 목재를 싣고 운행해볼 수 있는 것이라고 할 수 있다. 지난해 I 군이 모든 실험을 해주었기 때문에 아직은 그저 예비 실험 정도이지만 꽤 재미있는 결과가 나온 것 같다. 실험기구라곤 용수철저울 하나뿐이지만 그것을 말과 썰매를 연결하는 사슬 중간에 넣어두면 말의 견인력을 측정할 수 있다. 그 견인력과 목재 하중과의 저항을 측정해보면 놀랍게도 조금만 설질이 달라져도 저항은 두세 배나 차이가 났다. 저항이 반으로 줄면 같은 말이 두 배의 목재를 싣고 달릴 수 있기 때문에 운송비도 자동적으로 반으로 준다. 즉 용수철저울의 눈금을 보면 목재의 상품 가치를 바로 알 수 있다.

하지만 그렇더라도 이것은 단지 예비 실험이며 실제로 말의 견인력은 걸음마다 다르다. 게다가 설질에 따라 눈이 썰매에 얼어붙는 일도 있으므로 좀 쉬었다가 움직일 때나 걸어가는 동안에도 곳곳에서 말이 순간적으로 힘을 내야 하는 때가 생긴다. 그 힘이 말의 최대 견인력을 초과하게 되면 평균적으로는 충분히 끌 수 있는 하중임에도 썰매를 끌 수 없게 된다. 그런 점을 조사하기 위해서는 아무래도 용수철저울의 바늘 움직임을 종이에 연속적으로 기록해야 한다. 그래서 올겨울도 이 작업이 가능한 자동 기록 용수철 저울을 이용해 바치바치 썰매를 연구하기로 했다.

저항을 완벽하게 측정할 수 있게 되면 여러 형태의 바치바치 썰매 성능을 비교하고, 나아가 성능을 개선할 수 있으며, 눈길을 만드는 방법이 미치는 영향, 겨우내 각 시기에 따른 저항 표준, 각 지방의 차이점 등을 얼마든지 조사해 모두 알아낼 수 있다. 그런 여러 요소 가운데 반출 비용을 최대로 줄일 수 있는 조건을 찾아낸다면 바치바치 썰매에 대한 물리학 연구로서의 임무 수행을 인정받게 될 것이다.

일일이 측정 자료를 언급하며 이 모든 실험을 설명하면 보고서 분량이 엄청나게 길어질 것이다. 외국에 바치바치 썰매가 있는지 여부는 잘 모르겠지만 독일 문헌에도 눈의 마찰 계수는 영점 몇이라고만 쓰여 있는 걸 보면 확실히 아직 이 같은 연구는 이루어지지 않은 것 같다. 자칫하면 신문에 세계적 연구라고 떠들썩하게 기사가 나가게 될 수도 있다. 그러나 이런 연구와 바치바치 썰매 발명자의 업적을 비교해보자면, 후자가 훨씬 더 뛰어나다고 할 수 있다. 바치바치 썰매의 발명은 수십 년 눈 속에서 살아온 사람이 아니고서는 해내기 어려운 일이다. 기업가 입장에서도 분명히 학자 따위는 실질적인 도움이 되지 못한다고 말할 것이다. 물론 물리학 연구가 과연 정말 필요 없는 것인지는 다시 생각해볼 문제이지만 말이다.

나무를 소중히 여기는 도카치 노인의 마음은 순수함에서 우러나온 것이다. 하지만 목재상이 나무 자체에는 그다지 애착을 갖지 않고 그것을 돈으로 맞바꾸고 나서야 가치를 인정하는 것을 나쁘다고만 할 수도 없다. 목재가 중요한 이유는 그것을 이용할 수 있기 때문이므로 이용가치 측면에서 목재를 바라보는 것도 논리적인 견해라고 할 수 있다. 이러한 견해 차이는 다양한 상황에서 나타난다. 물리 실험실에서도 불필요한 것들은 다 정리하고 항상 신경을 곤두세운 채 일에 매진하는 사람이 있는가 하면 전혀 쓸모없는 나무나 놋쇠 판 조각까지 널려 있는 너저분한 곳에서 연구하는 사람도 있다. 런던대학에 있는 지하 연구실에서 실험하던 무렵이었다. 10센티미터 정도의 철사 자투리 하나도 버리지 않고 상자에 모아두었다가 철사가 필요하면 그것을 납땜해서 사용하는 것을 보고 몹시 놀란 적이 있다. 그 모습에 완전히 감탄하여 다른 사람에게 그 얘기를 했더니 "너무 비효율적인 방법이네요. 영국 교수들 월급이 얼만데. 금으로 된 철사를 사용하나 보죠"라고 말하는 사람도 있었다. 이 얘기 저 얘기 듣다 보니 정작 나라면 어떻게 하는 게 좋을지 도무지 알 수가 없었다. 물론 내가 받는 월급으로는 금 철사를 쓴다고 오해받을 걱정은 없겠지만, 그래도 예를 들어 새로운 기계를 들여야 하는데 오래된 기기의 부품을 이용해 직접 만들어 사용하는 게 좋을지 완제품을 사는 게 좋을지 결정을 내리기가 어렵다는 얘기다.

이런 문제라면 물건을 소중히 여기는 것에 도덕적 의미를 부여하여 생각하면 쉽게 알 수 있다. 그러나 도덕적인 의미를 빼고 생각한다고 해도 물리 실험에서 담뱃갑 은박지를 연결해 정전기장 차단에 사용하거나 철사 자투리를 납땜해 사용하는 취미에 대해서는 어느 정도 변명의 여지가 있다. 그것은 어떤 사람에게는 휴식과도 같은 것이기 때문이다. 휴식이라는 단어가 조금 안 맞는 말 같지만 책 읽기를 좋아하는 사람에게는 수많은 책에 둘러싸여 책을 읽는 것이 휴식인 것과 같은 이치다. 아주 이성적인 사람이라면 대장장이가 할 일은 대장장이에게 맡기고 조수에게 맡길 일은 조수에게 맡긴 채 그저 자기가 해야 할 일만 할 수도 있다. 그러나 그것은 이상적인 생각일 뿐 보통 사람이라면 대부분 그런 생활을 한 달도 버티기 힘들다. 평범한 사람이라면 철사를 붙이거나 줄질을 하는 등의 '휴식' 없이 그렇게 긴 연구 생활을 견디기 힘들단 얘기다. 심지어는 시설관리 직원이 하는 일까지 도맡아 하는 사람도 있다. 나는 그런 얘기를 들으면 그런 일까지 본인이 해야 한다고 생각할 만큼 많은 부담감을 안고 사는 이인 듯싶어 왠지 마음이 짠하다. 어쨌거나 특출난 사람이라면 그런 휴식이 필요 없을 수도 있고, 잔꾀가 많은 사람이라면 눈에 띄지 않는 다른 방법으로 휴식을 취하니까 비난을 피할 수 있을 것이다. 하지만 대부분의 사람은 부담을 많이 느끼면 작은 일 하나까지도 직접 해야 마음을 놓는 것 같다. 아마도 마음이 여리고 정직한 사람은 대개 그럴 것이다.

이런 식으로 생각하면, 물리 연구에 있어서는 연구하는 실험의 의미를 고찰하거나 그 이론에 파고들어 생각하는 시간이 진짜 일을 하는 시간이고, 실험 준비와 같은 자잘한 일을 하는 시간은 휴식 시간이라는 결론이 내려진다. 그러나 인간의 머리는 일하는 시간과 쉬는 시간을 그렇게 딱 나누어 돌아가지 않는다. 먼지를 훔치면서 나사 하나하나가 조여져 있는 감촉을 느끼노라면 기기가 원하는 대로 잘 작동해줄 것 같은 기분이 든다. 그리고 그런 기분이 들면 실제로도 제대로 작동하게 된다. 마찬가지로 처음에는 뭐가 뭔지 하나도 알 수 없었던 매우 복잡한 연구과제가 '휴식'을 취하면서 실험을 천천히 시작하는 사이 언제 새벽하늘이 밝아왔는지도 모르게, 그렇게 해결될 때도 많다. 천재라면 어제까지 전혀 알 수 없던 현상이 오늘 아침 영감을 받아 갑자기 해결되는 경험도 하겠지만, 보통 평범한 사람에게 그런 일은 거의 일어나지 않는다. 물론 가끔은 실제로 그렇게 실마리를 얻어 문제가 해결되기도 하지만, 그럴 때 실마리라는 것도 일의 시초에 불과할 때가 많다. 쥘 앙리 푸앵카레 같은 사람조차 푸크스 함수의 연구 경험을 통해 계시라는 것은 뇌의 원자 고리가 서로 걸렸을 때 그 원자를 활성화시키기 위한 것이기 때문에 의식적으로든 무의식적으로든 문제에 대해 깊이 파고들며 생각하는 것이 중요하다고 말한다. 어쨌거나 이건 이와나미 문고판 『과학과 방법』에서 읽은 내용이긴 하지만 진짜 푸앵카레에게 계시라는 것이 그런 의미였다면, 보통 사람에게는 무엇보다 원자가 최대한 자유롭게 활동할 수 있도록 해주는 것이 매우 중요할 것이다. 앞서 말한 '휴식'의 시간도 무의식중에 원자를 활성화시키는 시간이라고 보면 실로 일한 시간이라고 볼 수도 있을 것이다.

　세상에는 머리가 좋은 사람도 있고 나쁜 사람도 있다. 그런데 위와 같은 논리라면, 머리의 좋고 나쁨은 매우 특별한 사람을 제외하고는 뇌가 활동하는 중에 원자 고리가 걸렸을 때 이를 바로 알아차리고 문제를 빨리 해결하는 것과 원자의 연쇄반응이 일어나 저절로 일의 사정이 밝혀지고 나서야 깨닫는 것의 차이에 불과하다고 할 수 있다. 즉, 단순한 시간 차 문제이며, 머리가 나쁘다고 해서 크게 걱정할 바는 아니라는 얘기다. 연구뿐만 아니라 모든 사업에서 훌륭한 연구나 업무를 자주 만날 수 있는 것은 아니므로 느긋하게 철사 납땜도 하고 실험실 내부 시설도 둘러보면서 스스로 만족하고 기뻐할 수 있다면 그것도 취미쯤으로 여기고 넘어갈 수 있다.

쌀알 속 부처님 이야기로 돌아와보자. 그러면 또 얘기가 달라진다. 하지만 연구 생활이 연구하는 시간과 쉬는 시간으로 구분되는 게 아니라는 견해로 보자면, 쌀알에 부처님이 있다는 얘기는 하루빨리 타파되어야 할 미신에 불과하다. 바닥에 흘린 밥알을 주워 먹는 것은 위생상 안 좋다는 둥, 쌀 한 톨 한 톨을 생산하는 데 드는 노동력은 거의 제로에 가깝다는 둥, 그 한 톨에서 얻을 수 있는 영양 가치는 거의 없다는 둥 하는 논의가 이루어져야 마땅하겠지만, 인간의 삶을 너무 극단적으로 위생이나 경제의 문제로 환산하는, 자로 잰 듯 정확한 과학적 사고는 오히려 진정한 과학적 사고가 아닐 수도 있다. 물론 이것도 경제학 원론이 인간 생활 중 경제활동을 연구하기에 아직은 부족하다는 논의가 나오고 있다 하니 새삼스럽게 떠들 만한 이야기는 아니다.

쌀알 속 부처님 이야기를 상기시켜준 미미는 이런 인간

들의 논의는 상관없는 일이라는 듯 고타츠火燵* 위에서 몸을 웅크린 채 자고 있다. "미미~ 하고 우니까 미미라고 불러요"라며 이 새끼 고양이에게 이름을 붙여준 아이들도 고타츠 주변에서 그저 종이 오리기에 열심이다. 미미와 아이들을 보고 있노라면, 그들의 삶에서 자연과학이나 문화과학, 도덕론 등을 완전히 빼버린다 해도 그것들과 비교도 할 수 없을 만큼 중요한 것이 한가득 존재하는 듯하다.

1938년 2월

* 일본의 실내 난방 기구.

막대 폭죽

벌써 10년이나 지난 일이다. 데라다 선생의 지도를 받던 대학생 시절 졸업논문에 필요한 실험을 하던 때였다. 그 무렵 교수님은 졸업 후 지방의 한 고등학교 교사로 가게 된 사람에게 돈이나 장비 없이도 할 수 있는 실험을 일러주며 꼭 그런 실험을 해보길 바란다고 당부했다. 그런 실험에는 꼭 막대 폭죽 실험이 포함되어 있었다.

막대 폭죽의 불꽃은 작은 불덩이에서 시작해 이른바 '솔잎'과도 같은 불꽃이 되어, 가는 갈래마다 폭발적인 분열을 일으킨다. 그리고 차츰 그 기세가 줄어들면서 '흩날리는 국화' 모양이 되는데, 교수님은 그 모습에 상당한 흥미를 느끼셨나 보다. 게다가 늘 모든 걸 당신의 눈으로 직접 확인하려는 확고한 집념 때문에 막대 폭죽 같은 전통문

화에도 강한 애착이 생긴 듯하다. 돈이 들진 않지만 새롭게 손을 대야 할 이런 종류의 문제에 대해 교수님은 누구라도 실험을 진행할 수 있도록 실험 과정을 자세히 가르쳐주었다. 설명은 매년 4월 저녁 시간에 교수님 댁 응접실에서 이루어졌는데, 교육을 받고 나면 사람들은 늘 "불꽃놀이 너무 재미있을 것 같아요. 당장 밖에 나가서 해봐요"라며 우르르 나가서는 아무런 결과 보고도 없이 가버리곤 했다. 이런 일이 매년 반복되다 보니 결국 교수님은 불꽃놀인 각자 자기 집에 가서 하라며 역정을 내셨다. 이 이야기는 그분이 쓴 수필에도 나와 있다.

여름방학 무렵, Y 군과 나는 맨몸에 흰 실험복만 걸치고 수소 폭발 사진을 찍고 있었다. 무더운 오후, 교수님은 언제나처럼 실험실에 와 한참 이야기를 하시고는 마지막에 "무더위에 공부하기 힘들지 않나? 더위도 식힐 겸 밖에 나가서 막대 폭죽이나 한번 하다 올까?"라고 하셨다. 안 그래도 하고 있던 실험 때문에 머리가 아팠던 참이라 흔쾌히 그 제안을 받아들였다. 우선 밖에 나가서 막대 폭죽을 사와야 했는데, 5전錢만 있으면 여름방학 내내 터뜨리고도 남을 양을 살 수 있었다. 여기에 사진기와 현미경만 있으면 바로 실험을 시작할 수 있다.

우선 막대 폭죽을 하나 꺼내 불을 붙인 다음 연소하는

모습을 관찰했다. 처음에는 질산칼륨과 유황이 탈 때 나는 특유의 냄새를 풍기며 작은 불꽃을 내뿜다가 점점 타올라 화약 부분이 빨갛게 달구어진 융해 상태의 작은 불덩이가 되었다. 그 불덩이는 타닥타닥 소리를 내다가 이내 활활 타오르면서 주기적으로 솔잎 모양 불꽃을 내뿜기 시작했다. 솔잎은 그렇게 잠시 화려한 불꽃을 보여주다가 점점 짧아지는 대신 불꽃 수는 늘어 이윽고 흩날리는 국화처럼 서서히 사그라들었다. 수십 번의 불꽃 실험을 통해 일일이 불꽃 연소 시간을 측정하고 평균값을 내어 일단 먼저 표준적인 막대 폭죽의 연소 과정을 기록해보았다.

우리는 불꽃의 실체를 보기 위해 불덩이에 유리판을 가까이 대고 불꽃을 그 위에 받아 현미경으로 들여다보기 시작했다. 그리고 이내 불꽃은 아주 미세한 탄소 입자 덩어리가 소금 같은 투명 물질에 싸여 있는 것이란 사실을 발견했다. 불꽃이 솔잎 모양으로 분열하는 것은 이 투명한 고온의 융해 물질 안에 싸여 있는 탄소 입자가 도중에 폭발적인 연소를 일으키면서 불덩이가 사방으로 튀기 때문이라는 사실을 알 수 있었다. 다음으로는 불꽃 사진을 찍어 분열하는 모습을 살펴봐야 하는데, 팬크로매틱 건판을 구하기 어려웠던 시절이라 불그스름한 불꽃을 사진에 담는 일은 쉬운 작업이 아니었다. 고작 여름방학 때 불꽃의 흔적을 희미하게나마 찍는 것으로 만족해야 했다. 그래도 "아무것도 찍히지 않았을 때가 힘든 법이지, 희미하게라도 찍혔으면 그 후에 멋진 불꽃 사진을 찍기까지는 그리 어려운 일이 아니야"라는 교수님 말씀에 위안을 얻고 일단 이 실험은 여기에서 마무리 짓기로 했다.

이듬해 또 막대 폭죽의 계절인 여름이 돌아왔다. 나는 그해 봄 대학을 졸업하고 이화학연구소에서 계속 교수님의 실험을 돕고 있었다. 그때 도호쿠대학 물리학과생 S 군이 찾아와 여름방학에 뭔가 실험을 해보고 싶다는 얘기를 해왔다. 마침 나도 누군가의 도움이 필요했던지라 S 군과 같이 막대 폭죽 사진을 찍는 작업에 돌입하기로 했다. 좁은 암실에 틀어박혀 코를 막고 유황 냄새를 견디며 사진을 수도 없이 찍었다. 건판의 감도를 높이기 위해 암모니아를 사용했던 까닭에 환기도 잘 안 되는 암실은 코를 찌르는 매운 가스로 가득했다. 재미있게도 그런 기억은 해를 거듭하면서 고생했던 기억은 잊히고 그리운 추억으로 남는다. 오로지 목표만을 향해 초지일관했던 마음가짐과 건강한 육체에 대한 그리움 때문인지도 모른다.

이런 작업을 두 달간 계속하다 보니 조금씩 좋은 사진을 얻을 수 있게 되었다. 솔잎 불꽃의 아름다움이 그저 폭발적인 분열에만 있는 게 아니라 분열할 때 사방으로 튄 작은 불꽃이 2단계, 3단계의 폭발을 거듭하며 화려한 불꽃을 만들어내는 데도 있다는 사실 역시 알게 되었다. 게다가 이제는 건판을 회전시켜 불꽃의 상을 연속 촬영해 그 속도도 측정할 수 있게 되었다. 이때 보통은 회전 드럼에 감겨 있는 필름으로 사진을 찍지만, 감도가 높아야 할 때는 건판이 돌아가는 장치를 만드는 편이 더 낫다. 당연히 비용도 10분의 1 수준으로 줄일 수 있다. 불꽃의 속도는 의외로 느렸다. 보통 1초당 60센티미터 정도로 불덩이에서 첫 번째 폭발이 일어나기까지의 시간은 0.1초 정도였다. 이런 수치는 막대 폭죽 불꽃의 화학 변화를 조사할 때 중요한 정보다. 속도가 의외로 빠르지 않다는 것은 여름밤 앞마당에서 불어오는 시원한 산들바람에 이 불꽃이 날리는 것만 봐도 짐작할 수 있다.

다음 검사는 불꽃의 생성과 폭발하는 에너지의 근원, 즉 화학 변화에 관한 것이다. 막대 폭죽은 질산칼륨, 유황, 탄소 가루를 잘 섞은 것을 지노(일본 종이)에 싸서 만든다. 예전에는 쇳가루도 섞었다고 하지만 요즘 시중에서 파는 보통 제품에는 철이 들어가 있지 않다. 이 지노라는 것도 굉장히 중요한 역할을 한다. 끓는 불덩이가 공중에 매달려 있으려면 사용하는 종이가 매우 중요하다. 얇은 서양 종이로 폭죽을 만들면 불덩이가 만들어지자마자 종이가 타서 폭죽이 끊어져버리게 된다. 아마 그래서 서양에는 이런 폭죽이 없는 것일지도 모른다. 불덩이의 화학 변화를 보기 위해 각 단계의 끓는 불덩이를 물속에 떨어뜨려 그 용액에 대한 정성定性 분석을 하고 유리판에 받은 불꽃을 씻어 그 액체를 분석해보았다. 화학자 눈에는 우스꽝스러워 보일 수도 있지만, 이 실험을 통해 질산칼륨이 분해되면서 방출된 산소가 유황과 탄소 가루의 연소를 돕고 그때 발생하는 가스로 불꽃이 만들어지는 과정을 보려는 계획이었다.

불덩이에서 불꽃이 만들어지는 온도를 확인하는 일은 조금 번거로운 작업이다. 용광로 안의 온도 등을 측정하는 광학 고온계가 필요한데, 이 기기는 공학부에 있기 때문이다. 광학 고온계는 불덩이의 밝기를 전기로 달군 철사의 밝기와 비교하여 그때의 전류 값으로 온도를 측정하는 원리다. 공학부에 막대 폭죽을 한 묶음 들고 가서 반나절 정도 작업하면 확인할 수 있다. 그 결과, 불덩이의 초반 온도인 섭씨 약 860도에서는 불꽃이 나오지 않았다. 그러나 내부의 질산칼륨이 분해되면서 산화가 이루어지고 표면 산화와 함께 온도가 940도까지 상승하자 솔잎 불꽃이 활발하게 터져 나오기 시작했다. 하지만 다시 온도가 점차 내려가 850도쯤 되면 불꽃은 더 이상 만들어지지 않고 사그라들었다. 그렇다면 온도가 940도까지 올라가지 않았을 때 불덩이 한쪽에 수정 렌즈로 아크등 불빛을 모으면 그 부분에서 먼저 불꽃이 나오지 않을까 하는 생각이 들었다. 하지만 예상과는 달랐다. 내부에서 화학 변화가 충분히 진행되지 않았을 때 표면 온도만 약간 올리는 것은 아무런 소용이 없는 모양이었다. 그러나 아크등으로 빛을 계속 쪼이면서 잘 살펴보니 담배 연기로 만든 도넛 모양 연기 같은, 구슬만 한 작은 연기 고리가 불덩이 표면에서 마구 쏟아져 나오는 것이 관찰되었다. 불꽃으로는 보이지 않을 정도로 아주 미세한 융해물질이 방울 모양으로 활발하게 만들어져 나오는 것이다. 그러나 시간이 조금 더 지나자 화학 변화가 더욱 활발해져 온도 변화도 더 커졌고 가스도 많이 배출되어 작은 액체방울은 불꽃으로 보일 만큼 커졌다.

요즘 전기 폭죽이라는 이름으로 판매되는 서양식 폭죽은 주로 알루미늄 가루에 강한 불꽃을 내기 위한 마그네슘과 질산칼륨의 연소를 돕는 물질을 혼합해 철사에 고정시킨 것이다. 이 폭죽에서는 불덩이가 만들어지는 과정 없이 불을 붙이면 바로 불꽃이 마구 터져 나오다가 꺼진다. 이 폭죽에서는 솔잎 모양의 복잡하고 아름다운 불꽃을 볼 수 없으며 불덩이가 서서히 끓어오르는 동안의 폭풍 전야 같은 고요함도 맛볼 수 없다. 솔잎 불꽃의 아름다움은 단순히 탄소 가루가 연소하여 만들어지는 것만으로는 볼 수 없으며 폭발적인 연소가 일어나기 전까지 이것이 다른 물질로 싸여 있어야 한다. 막대 폭죽은 약품을 조합해 가장 간단하고도 효과적으로 조건을 충족시킬 수 있는 방식이다.

그해 여름방학이 끝나고 막대 폭죽 실험도 어느덧 끝마칠 때가 되어갔다. 그리고 나는 갑자기 외국으로 나가게 되었다. 교수님이 런던으로 보내 온 편지엔 다음과 같은 구절이 적혀 있었다.

"『베리히테』(독일 과학잡지)에 막대 폭죽이 소개되었다네. '솔잎 불꽃 Matuba Funken' 또는 '국화 불꽃 Tirigiku Funken 불꽃'이 유럽에서도 인정받게 되었어. 정말 흐뭇한 일이지."

1937년 1월

찻잔의 곡선

— 다도를 배우는 이들에게

벌써 20년이나 지난 옛일로, 고고학을 전공한 동생이 도쿄대학 인류학과에서 토기에 관한 연구를 하던 때 이야기다.

지금처럼 토기 형식에 따른 분류가 제대로 이루어지지 않았던 시절이었다. 동생은 이에 대해 뭔가 과학적인 분류 방법이 없을까 궁리를 하기 시작했다.

토기 형태는 유물마다 차이가 있지만, 특정 지역에서 나오는 특정 시대의 토기를 모아 전체적으로 살펴보면 시대에 따라 공통된 특징이 있다. (당시만 해도) 이를 이용하여 ○○식 등으로 대략적인 분류만 해두고 있었다.

이 분류 방법은 토기뿐만 아니라 미술 골동품 감정에도 종종 사용된다. 예를 들어, 금불상을 보고 이건 육조시대 유물이라거나 그보다 더 앞선 시대 유물이라는 식으로 감정하는 것은 금불상의 유형을 보고 내리는 평가다. 불상이나 미술품 등은 형태가 매우 복잡하고 색이나 재질도 한없이 변형될 수 있으므로 간단하고 명료한 과학적 분류의 대상으로는 아무래도 부적합하다. 그러나 토기는 모양도 간단하고 색상과 재질의 차이도 크지 않기 때문에 이 같은 연구 목적에 가장 적합하다고 할 수 있다.

여기서 과학적인 분류라는 말의 의미에 대해 잠깐 짚고 넘어가야겠다. 과학적이라는 것은 보편타당하고 객관성이 있다는 얘기다. 그렇다고 어렵다는 게 아니라 누구나 알 수 있다는 뜻이다.

사물에는 양과 질이 있는데, 대부분의 경우 양이 질보다 더 알기 쉽다. 두 개의 그릇을 나란히 놓았을 때 크고 작음은 누구나 한눈에 알 수 있고 논쟁의 여지도 없지만, 어느 쪽이 더 오래된 것인지 어느 쪽이 더 미적 가치가 높은지 등 질적 문제에 대해서는 전문가가 아니면 알 수 없다. 물론 토기의 유형도 양적 문제가 아니라 질적 문제다. 따라서 전문가가 아니면 알 수 없는 법이다. 전문가들 사이에 이견이라도 생기면 어느 쪽이 맞는지 결정하기가 매우 어렵기 때문에 그저 권위 있는 사람의 이야기를 따를 수밖에 없다.

그래서 동생은 이에 대해 과학적인 분류를 시도해보기로 하고 가장 먼저 양적 표현 방식, 즉 숫자 또는 수식으로 이른바 '질'을 표현할 수 있는 방법을 연구하기 시작했다. 항아리나 찻잔의 경우 형태에서 소박함과 기품이 느껴지는 건 그 외형을 이루는 곡선이 각각 특정한 법칙에 상응하는 형태를 하고 있기 때문일 것이다. 그래서 항아리나 찻잔은 연구 대상으로 삼기 좋은 반면, 도자기는 색상이나 광택 등 다른 외형적 요인도 있으니 연구가 꽤 복잡해질 듯싶었다. 하지만 토기는 일단 형태, 즉 외형적 곡선만이 법칙이 나올 만한 유일한 요소였다.

이런 생각을 토대로 동생은 다양한 토기 형태를 정밀하게 측정하고 절단면에 해당되는 곡선을 만들었다. 토기마다 형태가 다르기 때문에 이 곡선 또한 다양한 형태를 띠었다. 그러나 하나의 유형에 속하는 토기의 곡선은 어쩐지 서로 비슷한 구석이 있었고, 거기엔 어떤 일정한 법칙이 숨어 있을 것 같았다. 이 법칙을 수학적으로 잘 표현할 수 있다면 목표는 달성될 것이었다.

그래서 다양한 방법으로 이 곡선에 대한 분석을 해보았다. 가장 간단한 방법은 각 지점의 곡률을 측정하여 그 값이 위에서 아래로 내려오며 어떻게 변화하는지를 알아보는 것이다. 곡률이 모든 곳에서 일정하다면 곡선은 원이 된다. 위의 곡률은 작고 아래 곡률이 크면 아래가 넓은 형태가 된다. 움푹 들어간 부분은 곡률을 음수로 계산하게 되는

데 움푹 들어간 모양도 음수 값의 크기에 따라 정해진다. 곧 곡률의 분포 상태를 보면 형태를 알 수 있게 되는 것이다.

단, 여기서 분포 상태 또한 곡선을 이루기 때문에 애초부터 항아리의 곡선 자체를 보면 되지 않겠느냐는 의문이 생길 수 있다. 그러나 곡률 분포 상태를 보면 곡선의 변화, 즉 곡선의 성질이 명확하게 드러나 처음 곡선 자체를 봤을 때는 발견하지 못했던 미묘한 차이를 알 수 있게 된다. 그런데 문제는 이론이 그럴싸하게 보이는 것과 달리 실전에서는 많은 난관이 있었다는 점이다.

어떤 곡선이라도 좁은 범위를 따로 떼어내서 보면 원의 일부처럼 보이게 되는데, 그 원의 반지름의 역수가 해당 부분의 곡률이다. 그래서 곡선을 여러 부분으로 나누어 각 부분을 대표하는 원의 반지름을 차례대로 측정해가면 되는 것이다. 그러나 반지름을 알아내는 일이란 좀처럼 쉽지 않다. 원주의 극히 일부분을 측정해 그 원의 반지름을 알아보는 일이니 미세한 오차라도 생기면 곡률이 엄청나게 달라진다. 예를 들면 곡선을 그리는 연필심의 굵기조차 문제가 된다. 그래서 수학적 분석을 하기 위해서는 처음부터 곡선을 오차 없이 매우 정확하게 그려야 한다. 즉 형태를 정하기 위해서는 매우 정밀하게 측정을 해야 하는 것이다.

그러나 연구 대상이 토기인지라 정밀한 측정은 아무 소

용이 없다. 표면이 울퉁불퉁하기도 하거니와 전체적으로 일그러져 있을 수도 있다. 그래서 너무 정밀하게 측정하면 편차가 크게 작용하여 오히려 본래의 모습과는 동떨어진 곡선이 되어버린다. 예를 들면 항아리 이쪽 방향에서 본 곡선과 저쪽 방향에서 본 곡선은 눈으로만 보면 거의 똑같지만 정밀히 측정해보면 상당히 다른 경우가 많다. 그리고 수학적 분석이 가능할 만큼 매우 정밀하게 측정하면 특정 항아리의 형태를 나타내는 곡선이 수십 개나 나오게 된다. 그 중 어느 하나를 택한다 해도 항아리의 유형별 특징조차 제대로 표현하지 못하게 돼버리는 것이다.

동생은 고군분투하며 연구를 계속해가던 중 파리에 볼일이 있어 나갔다 왔는데, 그곳에서 병을 얻어왔는지 돌아오자마자 저세상 사람이 되고 말았다. 그래서 토기 형태를 수학적으로 고찰해보고자 한 그만의 연구는 빛을 보지 못한 채 사라지게 되었다.

지금 생각해보면 새삼 참 대담무쌍한 연구였다는 생각이 든다. 연구를 완수할 수 있었다면 한 시대에 한 민족이 보유했던 정신문화를 수학적으로 규정할 수 있게 되는 게 아닌가? 이렇게 놀라운 성과가 쉽게 얻어질 리 없다. 그러나 실상은 그러한 분석 없이 그저 눈으로만 봐도 그 유형을 한눈에 알 수 있다. 분명히 차이가 있기 때문이다. 이렇게 눈으로 보면 곧바로 알 수 있는 차이도 정밀하게 측정해서 보려 하면 오히려 알 수 없게 된다니 이상한 이야기 같기도 하다.

하지만 이런 경우가 비단 토기 유형 분류에만 적용되는 것은 아니다. 수형도 마찬가지다. 나무에서 멀리 떨어져 가지 모양만 봐도 매화나무인지 벚나무인지 단풍나무인지 금방 알 수 있다. 하지만 똑같은 매화나무라고 해도 나무에 따라 가지 모양은 제각각이다.

또한 매화나무 한 그루만 봐도 가지마다 모양이 다르며, 한 가지에서도 끝으로 갈수록 또 가지 모양이 달라진다. 같은 매화나무라고 해도 가지 모양은 천차만별인 것이다. 하지만 다시 전체를 보면 매화나무는 당연히 매화나무 특유의 나뭇가지 모양을 하고 있다.

부분 부분만을 따로 떼서 보면 차이가 크기 때문에 법칙 같은 것은 발견할 수 없지만, 전체적으로 보면 일정한 유형이 있는 이와 같은 경우가 세상에는 많이 존재한다. 토기의 형태나 나뭇가지 등은 그저 하나의 예에 불과하다. 마른 논이 갈라지는 모양도 전체적으로 보면 거북 등껍질 무늬처럼 일정하게 갈라져 있다. 그러나 갈라진 부분을 하나하나 자세히 관찰해보면 육각형도 아니고, 균열 각도 제각각이다. 그래서 이런 현상을 수학적으로 분석한다 해도 우리가 보는 '고르게 갈라져 있다'는 느낌을 법칙으로 만드는 것은 불가능하다.

느낌으로는 쉽게 파악할 수 있는 것을 현대 과학의 힘으로는 규명할 수 없다는 게 참 아이러니하다. 그러나 이는 현대 과학이 무능력해서 일어난 일이 아니라 분석 대상이 현대 과학으로는 다룰 수 없는 것이기 때문이다. 현대 과학은 분석을 바탕으로 하기 때문에 그 결과에 따라 본질이 바뀌지 않는 것만을 다룰 수 있으며 이를 분석하고 종합하는 데 그 의의가 있다. 하지만 현대 과학의 취약점은 분석한 결과를 토대로 부분을 보면 전체를 봤을 때 감지할 수 있었던 것을 감지할 수 없다는 것이다. 그 대표적인 예가 생명 현상이다. 인체를 구성하는 세포 단백질의 궁극적인 비밀까지 밝혀낸다고 해도 생명 자체는 영원히 과학으로 풀 수 없는 미제로 남을 것이다. 적어도 나는 그렇게 생각한다.

그러나 변화무쌍하여 법칙을 찾아낼 수 없는 개별적인 현상이라도 수없이 반복되면서 전체적으로 하나의 현상이라 부를 만해지는 때가 있다. 그리고 그런 현상에 존재하는 법칙을 과학적으로 다룰 수 있는 학문이 있다. 바로 통계학이다. 개개인의 죽음은 예측할 수 없지만 국민 전체의 사망률과 나이 간에는 상관관계가 존재한다. 이것이 생명보험

사가 운영되는 원리다.

그러나 무수한 경우의 수가 필요하므로 예컨대 약 100명의 가입자로는 생명보험 이론이 정확하게 들어맞지 않는다. 요즘 유행하는 추측통계학에서는 적은 경우의 수로 통계를 내는 방법이 연구되고 있으나 이것도 결국은 대략적인 확률일 뿐이며 부득이한 사안에만 사용되어야 할 것이다.

결국 나뭇가지 모양의 특이함이나 찻잔 곡선의 아름다움이란 것은 과학적으로 연구할 수 있는 대상이 아니다. 엄밀하게 말하면 과학적인 방법으로 본태本態를 파악하려는 시도는 불가능한 것은 아닐지라도 현명한 방법은 아닌 것이다. 그 점만은 확실하다.

하지만 과학적인 방법, 즉 분석을 토대로 한 결과를 얻을 수 있다면, 일반성이 있다는 말이기도 하므로 발전 가능성은 충분히 있다. 오늘날 과학이 이만큼 발전할 수 있었던 건 이런 특징을 잘 살렸기 때문이다. 하지만 그것이 인간의 행복에 진정으로 기여했는지 여부는 또 다른 문제다.

단지 가지 모양만 보고 전체적인 특징을 감지한 걸 가지고는 학문이 되지 않는다. 하지만 그렇다고 해서 그것이 인생에 전혀 도움이 되지 않는다고는 말할 수 없다. 조금 엉뚱한 예이지만 산속에서 길을 잃었을 때 사람의 손길이 닿은 나뭇가지를 따라 나오면 살 수 있다. 이렇게 학문이 되지는 못해도 인간 생활에 도움을 줄 수 있다면 그 편이 더 낫지 않은가? 이는 단순한 억지 주장일 수도 있으나 이런 주장에는 반드시 모종의 진리가 내포되어 있을 것이다. 현대 과학의 발달로 원자폭탄이나 수소폭탄이 개발되었다. 하지만 훗날 지구상에서 그로 인해 어마어마한 인명 피해가 생긴다면 그것은 정치의 책임이지 과학의 책임이 아니라고 생각하는 사람도 있을 것이다. 그러나 나는 그것이 과학의 책임이라고 생각한다. 애초부터 만들지 않았더라면 사용할 수도 없기 때문이다.

가지 모양의 아름다움이나 찻잔의 멋을 사랑하는 마음은 과학과는 무관한 이야기로 남겨두는 편이 좋지 않을까 한다. 그렇게 둔다 한들 특별히 해가 되는 일도 없을 것이기 때문이다. 오늘날 같은 과학 문명의 세상이 도래해도 다도 문화가 여전히 전해 내려오는 것은, 다도라는 것이 과학과 무관하기 때문이다. 조만간 과학적인 다도 문화가 생겨날 수도 있지만, 그런 것은 생긴다 해도 오래가지 못하고 금방 사라질 것이다. 반면 과학 정신과 무관한 입장에 선 다도 문화는 영원히 살아 숨 쉴 것이다.

1951년 2월

4장

과학의 마음가짐

천리안 소동

벌써 30년도 지난 옛날이야기지만, 다년간 온 나라를 떠들썩하게 했던 천리안 사건이 있었다. 그때는 우리도 순수한 마음으로 천리안의 존재를 믿어 의심치 않았다. 아이들뿐 아니라 부모들도, 학교 선생들도 믿었다.

최근 당시 천리안 사건에 직접 연루되어 있었던 선배의 도움을 받아 관련 기록을 볼 기회가 있었다. 이 기록을 읽자니 그때 그 사건은 일종의 유행성 열병과도 같은 현상처럼 느껴졌다.

이렇게 수십 년이나 지난 옛날이야기를 지금 와서 다시 꺼내는 이유는, 이런 종류의 열병이 그 나라의 과학 발전 수준과는 전혀 무관하다는 생각이 들었기 때문이다. 게다가 만약 이것이 사실이라면 앞으로도 이런 열병이 유행할 수 있는 일이며, 특히 전쟁 중에는 그럴 가능성이 더욱 농

미후네 치즈코(위)와 나가노 이쿠코

후하기 때문에 예방 차원에서라도 당시의 세태를 되돌아보는 게 바람직하지 않을까 싶다.

천리안은 1908년 여름 구마모토熊本에 사는 미후네 치즈코御船千鶴子가 물건을 투시해서 볼 수 있는 초능력자라고 소개되며 처음으로 회자되기 시작했다. 그 후 마루가메시丸龜市에 사는 나가오 이쿠코長尾郁子도 같은 능력을 보여주었고 그들 외에도 〔비슷한 능력자들이〕 또 있었다. 게다가 나중에는 염사念寫 능력을 가졌다는 이들까지 나오기 시작했다. 염사란 오직 생각만으로 필름을 감광시켜 특정 상像이 맺히게 하는 초능력을 말한다.

만약 이런 현상이 다 진짜라면 인간 정신력의 신비를 푸는 열쇠가 될 것이고, 물리학 등의 학문도 전혀 다른 방향으로 발전해야겠지만, 기존 과학의 입장으로 볼 때 소위 투시나 염사는 당연히 있을 수 없는 현상이다.

그런데 그것이 실제로 가능하다니. 정말 그렇다면 그러한 사실을 규명할 수 있는 학문을 만들어야 한다. 하지만 그것이 실로 가능했는지 여부를 가리기란 매우 어렵다. 마술에서 교묘한 눈속임을 찾아내기 어려운 것과 같은 이치다.

이런 유의 사실 판정은, 특히 과학적인 문제와 관련된 것이라면 경찰의 힘으로도, 어떤 권력자의 힘으로도 규명할 수 없는 법이다. 학자라는 사람들 중에도 다양한 학자가 있지만, 가령 제국대학〔국립대학〕 교수 겸 박사라고 불리는 이들이 사안을 사실이라고 판정하면 일반적으로 그것을 믿을 수밖에 없다.

그런데 교토제국대학 의과대학 주임교수 이마무라今村 박사와 같은 학교 문과대학 조교수 후쿠라이福来 문학박사 등이 실험 결과 천리안은 사실이라는 보고를 한 것이다. 게다가 일본 철학계의 거장인 이노우에 데쓰지로井上哲次郎 박사도 이를 사실이라고 믿었으며, 그런 현상이 가능하다는 의견을 발표했다.

상황이 이렇게 되면 보통 사람들은 그저 믿을 수밖에 없다. 세상 사람들은 안 그래도 신기한 이야기에 솔깃하며 본능적으로 신비를 동경하게 마련이다. 또 신문사에도 이만큼 좋은 기삿거리가 없다. 그렇게 천리안 이야기는 불붙듯이 일파만파 번져나가게 되었고 여기저기서 천리안 초능력자가 마구 나타나기에 이르렀다.

일단 천리안이 실제로 가능한 일이라고 밝혀진 이상 '그런 일은 있을 수 없다'는 식의 논쟁은 더 이상 의미가 없다. 실제로 과학사에 길이 남을 위대한 과학자가 불가능하다고 예측한 일이 훗날 가능해진 사례도 많았다. 예를 들면 하인리히 루돌프 헤르츠가 전자기파를 발견했을 때, "조만간 무선으로도 통화할 수 있겠네요"라고 축하 인사를 건네온 사람이 있었다. 이에 대해 헤르츠는 전자파와 음파의 진동수 차이를 지적하며 그런 일은 있을 수 없다고 답했다고 한다. 하지만 그로부터 10년이 지나 굴리엘모 마르코니라는 과학자가 도버해협을 사이에 두고 무선 통신에 성공했다. 천리안은 전혀 다른 얘기지만 그래도 일단 그 가능성이 확인된 이상 존재 여부를 두고 논쟁하는 것은 더 이상 의미가 없다. 따라서 천리안과 유사한 다른 현상을 찾아 그것들을 한데 모으는 이론을 만들어야 했다.

그런데 학계에서 생각지도 못한 유력한 후원자가 나왔다. 바로 동물학계에서 말이다. 당시 일본 동물학계의 권위자였던 오카 아사지로丘浅次郎 박사와 교토대학 이시가와 치요마쓰石川千代松 박사가 곤충에게 투시력이 있다고 주장한 것이다. 그 곤충은 다름 아닌 말총벌로, 산란관이 바늘같이 길게 생긴 벌의 한 종류다. 이 벌은 나무껍질 사이에 서식하는 유충을 찾아다니며 긴 산란관으로 여기저기를 쿡쿡 찔러보는 습성이 있는데, 이것이 말총벌의 투시력으로, 이를 통해 밖에서 나무껍질 속 하늘소 유충의 위치를 파악한다는 것이다. 이런 곤충의 본능적 습성이 인간세계에 재현되지 않는다는 보장은 없다. 따라서 천리안도 지금껏 드러나지 않았던 본능 중 하나일 것이라는 설이었다.

동물학계의 권위자들이 곤충에게 천리안 본능이 있다고 한 이상, 인간의 천리안 능력은 진화론적으로도 확실히 가능해졌다. 이렇게까지 상황이 진전되면 천리안은 더 이상 신문의 흥미 위주 기삿거리나 세간의 이야깃거리로만 끝나지 않는다. 천리안은 실로 온 나라를 풍미한 사건이었다. 우리 과학자 입장에서 봐도 투시나 염사의 가능성이 실제로 검증된다면, 지금까지의 과학을 뒤엎게 되더라도 그 분야를 개척하는 데 돌입해볼 만한 가치가 있는 대사건이었다. 그래서 마침내 일본 물리학계의 개척자이자 전 도쿄 제국대학 총장인 야마가와 겐지로山川健次郎 교수까지 나서게 되었다.

물리학의 관점에서 보면 문제는 이랬다. 현재의 물리학에서 사물이 보인다는 것은 사물에서 반사된 빛이 우리 눈에 들어오기 때문이지, 눈에서 발사된 레이저 같은 것이 사물에 닿아서 보이는 게 아니다. 눈이 아닌 다른 미지의 능력으로 그 존재를 느낀다고 해도, 그것을 느끼게 하는 작용은 사물에서 나온다고 본다. 그래서 투시를 하기 위해서는 흰 종이에 쓰인 글자의 검은 부분, 즉 글자에서 무엇인가가 나와야 한다. 그것은 빛도 아니고 완전히 미지의 것이어야 하는데 그 정체는 도무지 알 수 없다. 차라리 기존의 개념을 완전히 뒤집어 인체에서 뭔가가 나온다고 하는 편이 더 설명하기 쉬울 정도다. 더구나 감광은 사진 건판에 은 입자를 반응시키는 현상이기 때문에 염사는 후자의 이론으로밖에 설명되지 않는다.

인간의 몸에서 어떤 작용선이 나온다는 생각은 고대부터 있어왔는데, 옛 영웅호걸은 대부분 이 능력을 갖고 있다고 여겨져왔다. 지금도 손끝에서 염력을 방출해 병을 고치는 치료사가 대낮에 버젓이 영업을 하는데, 그 신자 중에는 소위 지식층이라는 이도 다수 포함되어 있다. 하지만 이 비슷한 이야기가 실제로 학계에서도 논의된 적이 있다. 천리안 사건 후의 일이지만, 생물체에서 나오는 방사선을 발견했다고 하여 그것을 생물광자라 칭한 뒤로, 관련 연구 논문만 전 세계적으로 수백 권이나 출간된 바 있다.

생물광자에 관한 자세한 내용은 나중에 설명하기로 하고, 생물광자 얘기가 나오기 전인 당시에는 물리학자들이 이 천리안 문제에 부정적일 수밖에 없었다. 더 분명히 말하자면 이 문제는 의심의 대상이었다. 그도 그럴 것이 물리학적으로 도저히 일어날 수 없는 일이었기 때문이다. 그래서 아무도 이 문제를 진지하게 받아들이려 하지 않았다. 신기한 현상만을 쫓고, 꾸준하게 정석의 길을 가는 것보다 인스턴트식을 좋아하는 세상 사람들 눈에는 학자들이 좋게 보일 리 없었다.

현대 일본의 실험물리학을 세운 나카무라 세이지中村清二 박사가 쓴 『이학자가 본 천리안 문제理學者の見たる千里眼問題』를 보면, 당시 학자들은 "현실과 동떨어진 학자" 내지는 "고지식한 학자"라고 비난받기 일쑤였다고 한다. 그리고 이 사건이 미후네 치즈코의 자살, 나가오 이쿠코의 급사로 파국을 맞이하며 막을 내리게 되자 그때까지 진실을 규명하고자 사건을 파고들었던 학자들에게 너무 집요한 거 아니냐는 비판이 쏟아지기도 했다고 한다.

물리학자들의 소극적인 반대에도 불구하고 천리안 사건은 폭발적인 반응을 불러일으켜 "그 진위 여부가 불확실한 가운데 최면술사가 판을 치며 미신을 조장하고 폭리를 탐하는, 그야말로 사상계를 어지럽히는" 사태에 이르고 말았다. 이제 와서 생각해보니 악몽과도 같은 이야기이지만, 모든 게 실제로 있었던 일이다. 마치 열병이 유행처럼 번지듯 말이다.

위에서 언급한 인용문은 마루가메시에 위치한 나가오 이쿠코의 집에서 야마가와 겐지로山川健次郎 교수가 실시한 천리안 검증 실험 전반에 많은 도움을 준 후지 노리아쓰藤教篤, 후지와라 사쿠헤藤原咲平 교수가 쓴 『천리안 실험록千里眼 實驗錄』 서문의 한 구절이다. 지금은 구할 수 없는 책이지만 동종의 다른 실험 보고서보다 훨씬 더 세심하고 치밀했을 뿐 아니라, 품격을 갖추었다고 할 수 있다.

처음부터 천리안을 부정적으로 바라보지 않았을뿐더러, 혹시라도 이 현상에 물리학적 요소가 있을 가능성에 대비해 스물세 종류의 실험, 쉰여 종의 실험 도구를 갖고 다닌 것만 봐도 두 사람이 얼마나 세심하고 치밀했는지 알 수 있다. 품격을 갖추었다는 표현이 조금 어색할 수도 있지만, 이 실험의 실질적 어려움은 사람을 다루어야 한다는 데 있었다. 이 현상은 대부분 정신력과 깊은 관련이 있는 만큼, 〔피험자가〕 상대방이 정신을 혼란스럽게 해서 실패했다고 변명을 하면 어쩔 도리가 없었다. 그래서 최대한 그 조건을 들어주며 실험을 해야 했다. 사실 조건에 속임수나 사기성 요소가 충분히 가미될 수 있었지만, 그렇다고 해서 실험을 그만두면 결국 결론 없는 논쟁만 계속 되풀이될 것이고 천리안 사건에 불을 지피는 꼴이 될 터였다. 또 하나, 천리안 능력자 중 한 사람인 나가오 부인의 남편이 현직 판사였던 점도 이 사건에 큰 영향을 미쳤다고 할 수 있다. 흔히 과학 연구에 있어 사람을 다루는 일은 크게 중요치 않다는 말은 과학에 대해 잘 모르는 사람들이 하는 말이다. 두 교수는 그 점을 충분히 고려해 참여자의 조건을 완벽히 들어주면서 동시에 속임수 따위의 요소나 새로운 미지의 현상이 내포되어 있을 때 이를 물리적으로 확인할 수 있는 실험을 진행한 것이다.

이렇게 주의를 기울이고 조건을 모두 들어주었기 때문에 처음 몇 번의 실험은 나가오 부인도 흔쾌히 받아들였다. 그렇게 투시 실험은 한 번의 성공과 한 번의 실패로 끝이 났다. 실험은 참여자가 지정한 책상 위에, 밖에서 들여다보면 보이게끔 글자를 썼을 때는 성공했다. 반면 같은 책상에 글자를 쓰되, 이를 보이지 않게 팔로 가렸을 땐 실패했다. 염사 실험은 염사할 글자를 전날 미리 알려주고 실험 당일 사진 건판을 상자에 넣어 봉하지 않은 채 제출하는 방식이었다. 전날 글자를 알려주었기 때문에, 예를 들면 글자 모양으로 오린 종이를 준비하여 암실에서 상자를 열고 건판에 그 오린 종이를 놓고 감광시키면 글자가 '염사'되는 식이었다. 이 실험에선 염사가 성공적으로 이루어졌으나, 동시에 누군가 건판이 담긴 상자를 열어봤다는 증거가 두 연구자만 알 수 있는 방식으로 남아 있었다.

그런데 여기서 예상치 못한 큰 사건이 발생했다. 치밀하게 사전 준비를 마쳤음에도 불구하고 실험에서 가장 중요한 단계인 상자에 건판 집어넣기를 그만 잊어버린 것이다. 그것이 각종 루머의 근원이 되어 나가오 씨는 실험을 거부했고, 결국 확실한 결론을 얻지 못한 채 실험은 종결되었다. 단, 천리안이라는 것이 속임수나 사기 요소가 충분히 있는 조건에서 이루어져야 한다는 사실 하나만 밝힌 셈이다. 이후 나가오 씨는 물리학 실험을 회피하다 얼마 지나지 않아 알 수 없는 이유로 갑자기 사망해 천리안(의 진실)은 결국 영영 어둠 속에 묻히고 말았다. 그야말로 천리안다운 운명을 맞이한 것이다.

이 이야기는 애초부터 일종의 열병과도 같이, 모든 실험에 정신 집중을 방해하지 않는다는 조건이 붙었다. 가령 투시 실험에서는 봉투를 풀로 붙이거나 봉인하는 게 금지되었으며, 현장에서 글자를 쓸 때는 방과 책상이 지정되었고 지참한 실험도구도 일단 다른 지정된 장소에 두고 나오도록 하는 등 들어보면 참 어처구니없는 단서가 많이 붙었다. 염사할 글자는 피험자가 정하고 실험자 측에서 정할 때는 이를 전날 미리 알려주어야 했다. 그리고 건판을 넣은 상자는 봉인하지 않고 사람이 없는 빈 방에 보관해야 했다고 한다. 이런 터무니없는 조건을 붙일 때부터 의심을 했어야 했다. 문제는 이렇게 말도 안 되는 이야기가 한 시대를 풍미했다는 사실이다.

애초에 염사란 것도 참 뜻하지 않게 생겨났다. 처음 투시 실험을 할 때 중간에 열어볼 수도 있다는 우려 때문에 사진 건판에 물건을 얹어놓고 진행했다. 만약 중간에 열어본다면 나중에 현상했을 때 빛이 들어가게 되므로 탄로가 나는 것이다. 그런데 실험을 해본 결과 건판이 감광되어 있었다. 그랬더니 그걸 보고 염력에 감광작용도 있는 것 같다는 주장이 제기되었다는 것이다. 실제로는 더 많은 이야기가 있었지만 결국 내용은 이랬다. 터무니없는 이야기다.

그러고 보니 이렇게 명백한 사실을 해명하는 데 왜 그렇게 난리였는지 이해가 안 된다. 세상에는 알 수 없는 일이 참 많다는 게 새삼 실감된다. 그러나 이것이 우리가 살아가는 세상살이의 실상인 것을.

물리학계의 거장 중 한 사람이자 홋카이도대학 예과 교수를 지낸 아오바 만로쿠青葉万六가 메이지 시대 일본 물리학계를 추억하며 들려준 이야기가 있다. 그는 당시 일본이 천리안 사건 이야기에 얼마나 광분했었는지를 들려주며 의지할 곳은 이과대학 교수들뿐이었다고 회고했다. 이런 사건은 의외로 후세까지 심각한 영향을 미칠 수 있기에, 조금 과장하자면 일본 과학계의 위기라고 할 수 있었다. 나카무라는 앞서 인용한 글 말미에 이렇게 덧붙였다. "세상 사람들이 믿어서는 안 되는 것을 믿는 건 매우 안타까운 일이다. 이런 것에 현혹되는 근본적인 원인은 규칙이나 질서 규범을 따르는 걸 답답해하고 소위 6개월 속성 같은 걸 바라기 때문이다. 질서를 무시하고 하루빨리 결과를 얻을 생각에만 급급하면 모두가 잘못된 것을 추구하게 된다." 무서운 점은 이런 종류의 병이 어느 정도 진행되면 더 이상 손을 쓸 수가 없다는 것이다. 게다가 사람들은 난치병을 초기에 치료한 명의에게 의외로 그리 고마워하지 않는다.

이제 천리안 사건도 거의 잠잠해지기는 했지만 문제는 여전히 남아 있다. 가령 이번 사건은 여기서 마무리된다고 해도 곤충에 천리안이 있다고 하면 언제 다시 이 현상이 인간세계에서 재현될지 모를 일이다. 이 문제도 실은 더 빨리 해결되었어야 하는데, 어찌됐건 결론을 말하자면 말총벌에게는 천리안 능력이 없다. 있다는 증거도 극히 미미하고 이런 커다란 사건에 증거로 채택될 만한 이야기도 아니었다. 이때 사안을 곧바로 철저히 조사해 과감히 저명한 학자에게 항의한 이가 있었으니, 삿포로의 농대생이었다. 이 학생이 바로 현재 홋카이도대학 이학부장 오구마 마모루小熊捍 박사다. 학계의 인습을 잘 모르는 일반인 입장에서는 이것이 얼마나 대단하고 어려운 일인지 알 수 없을 것이다. 그 외에도 칭송받지 못한 명의가 더 있었기에 일은 순조롭게 정리되었다.

덧붙여, 앞서 말한 생물광자에 대해 조금 말해두어야겠다.

생물광자는 모스크바대학 알렉산더 구르비치에 의해 처음으로 언급되었다. 구르비치는 양파 뿌리의 세포 분열을 연구하던 중 다른 양파 뿌리 끝을 옆으로 눕혔더니 그쪽으로 세포 분열이 더 활발해지는 것을 발견했다고 한다. 이때 중간에 유리판을 놓았더니 작용이 잦아들었는데, 수정판을 놓으니 그대로 유지되었다. 그래서 유리에는 흡수되지만 수정은 통과하는 선, 자외선과 같은 성질의 이 선이 증식 중인 세포에서 나와 다른 세포가 그 선을 쬐면 분열이 촉진된다고 생각하게 되었다.

구르비치는 이 선에 미토겐선mitogen線이라는 이름을 붙이고, 세포가 분열할 땐 이처럼 지금까지 전혀 밝혀지지 않은 미지의 방사선이 나온다고 주장했다. 일본에서는 이 선을 생물선生物線이라고들 부른다. 만약 이 방사선이 실제로 존재한다면 이는 그야말로 생물학계의 큰 이슈가 될 것이다. 전 세계적으로 많은 학자가 이와 관련된 연구에 몰두하여 1935년까지 벌써 500건이 넘는 논문이 발표되었다.*

생물광자는 이상하게도 어느 학자의 실험에서는 나왔으나 다른 학자의 실험에서는 나오지 않았다. 나오지 않은 실험이 서툴렀던 건지 나온 실험에 이상이 있었던 건지, 어느 쪽이 맞는 얘기인지는 알 수 없었다. 이렇게 불확실한 상황 속에서 사안은 점점 더 커져갔다.

* 생물광자 연구는 이후 1970년대에 재시도되기 시작해 지금까지 일부 학계에서 세포 수준의 실험이 이루어지고 있다.

박테리아가 증식할 때도 나온다는 연구가 있었는가 하면, 효모에서 나온다고 하는 사람도 있었다. 이렇게 연구가 진행되다 보니 화학 변화도 이 현상과 관계가 있다고 하여 생물광자가 과산화수소의 분해를 촉진한다는 등 산이나 알칼리가 중화될 때도 생물광자와 같은 방사선이 나온다는 등 다양한 실험 결과가 발표되었다. 이렇게 주장한 연구자들 중에는 세계적인 물리학자 발터 게를라흐도 있었다.

그 존재 여부를 반신반의하면서도 생물광자 연구는 계속 진행되었다. 수정 분광기를 이용해 생물선의 파장을 측정한 결과가 나왔는가 하면, 생물체의 혈액에서 생물광자가 나온단 주장에 건강한 아이들의 혈액을 채취해 실험한 결과 다량으로 검출되었고, 암이 걸린 동물의 혈액에서는 나오지 않았다고 보고되는 등 다양한 연구 결과가 발표되었다.

연구 결과가 이만큼이나 나왔으니 이제 생물광자도 거의 확실히 존재한다고 볼 수 있으나, 의문점이 하나 남았다. 생물광자의 성질상 당연히 사진 건판에 감광되어야 하는데 건판은 항상 그대로였다. 단파장인 자외선 촬영이 가능한 슈만 건판을 이용해 수개월 실험해보아도 전혀 감광되지 않았다는 결과가 발표되기도 했다.

사진 건판에 감광 현상이 일어나지 않는 이유는 어두운

곳에서는 생물광자가 나오지 않는다거나 사진 건판에 감광되기에는 빛이 너무 약하기 때문일 수도 있었다. 그래서 극히 미미한 방사선까지 측정할 수 있는 계수관을 이용해 실험한 물리학자도 많이 있었다. 그 결과 또한 재미있었는데, 정확히 반반이었다. 1935년까지 발표된 열두 편의 논문에서 여섯 명의 학자는 생물광자가 있다고, 다른 여섯 명은 없다고 결론 내렸다.

이후 최근에 진행된 연구 상황에 대해선 잘 모르지만, 아마 아직까지 단정할 순 없는 상황일 것이다. 생물광자가 생물체에서 나온다 해도 그 빛 자체는 물리적인 현상이다. 하지만 물리적으로 아직 증명되지 않은 물리 현상이 세상에는 상당히 많다.

만일 생물광자 이론이 잘못된 것이라면 이는 전 세계를 상대로 한 천리안 사건이며, 반대로 지금이라도 확실히 검증된다면 생물학계에 대이변을 낳을 사건인 것이다. 영력 치료사는 기뻐할 수도 있겠지만 물리학이 아무리 발전한다 한들 투시나 염사를 설명해낼 순 없다.

천리안 사건이 벌어진 1909~1910년경은 일본 물리학계에서 나가오카 한타로 박사가 원자 구조론으로 세계적인 유명세를 떨치고 있었고, 화학계에서는 스즈키 우메타로鈴木梅太郎 박사가 비타민B를 발견한 무렵이었다. 결코 일본 과학이 미개 상태에 있었던 게 아니라는 얘기다. 천리안 사건 같은 일은 그 나라의 과학 수준과 무관하게 발생할 수 있는 것이다. 그것은 사람들의 초조한 마음과 부당한 욕망이 불러온 유행성 열병이었다. 그리고 그런 현상을 막아내기엔 과학은 물론 대부분의 학자도 역부족이다. 물론 과학의 가치를 폄하하는 것도 아니고, 학자들의 위상을 깎아내리려는 것도 아니다. 그저 과학과는 다른 분야의 문제인 것이다. 다만 인간적으로 훌륭한 과학자의 힘은 종종 도움이 되기도 하겠지만 말이다.

천리안과 유사한 사건은 그 후에도 여러 번 있었다. 그리고 앞으로도 또 일어날 수 있는 문제다. 특히 지금처럼 전쟁 중이라는 긴박한 정세 속에서 모두가 격분해 있는 이 때 자칫 방향을 잘못 잡는다면 어마어마한 규모의 천리안 사건이 생기지 않으리란 보장도 없다. 그런 일은 정치인의 힘으로도 막을 수 없는 경우가 있다는 건 역사가 보여준 그대로다.

이런 종류의 사건은 앞서 이야기한 바와 같이 과학 기술이 총력을 기울여도 해결되지 않을 때가 많지만 그 해결책 내지 예방책은 의외로 간단하다. 각자가 중학교 수준의 과학 지식을 충분히 숙지하고, 착실하고 꾸준한 길을 가면 된다. 그것이 가장 빠른 길임을 잊지 않고 말이다. 하지만 사실 그것이 가장 어려운 방법일지도 모른다.

그렇다면 그렇게 어려운 길을 택할 게 아니라 과학자가 조금 희생하여 애초에 문제의 싹을 일일이 제거하면 되지 않겠느냐고 말하는 사람도 있을 것이다. 하지만 과학자 입장에서 보면 자기 분야와 상관없는 일에 얽힐 만큼 한가하지 않다. 제1차 세계대전 때 영국 정부에서 세계적으로 유명한 물리학계 거장들을 총동원하여 국방 과학연구소가 주최한 일반인 발명품 공모전 심사를 맡긴 적이 있었다. 그때 수십만 건의 공모작 중 그나마 가치를 인정받은 작품은 서른 건에 불과했다는 얘기는 너무나도 유명하다. 서른 건이라도 없는 것보다는 낫다고 말할 수도 없는 것이, 그 대단한 학자들의 능력 낭비를 헤아려보면 탱크 하나 만들자고 백 대의 비행기를 부순 격이기 때문이다.

엑스선이 발견되기 전까지는 아마도 거의 모든 과학자가 불투명한 물질의 내부를 들여다볼 수 없다고 생각했을 것이다. 현재의 과학 지식에만 의존하여 새로운 미지의 현상을 실험해보지도 않고 부정할 수는 없다. 이것은 천리안 능력이 있다고 믿는 사람이나 발명가를 사칭하는 사기꾼들이 상투적으로 쓰는 말이다. 틀린 말은 아니다. 하지만 그런 종류의 모든 '발견'이나 '발명'을 일일이 과학자가 입회하여 실험하거나 실험으로 재현해 보여야 할 필요는 없다.

제임스 랜디*를 기다릴 필요도 없이, "과학은 어떤 것이 존재한다고는 말할 수 있어도 존재하지 않는다고는 말할 수 없는 학문"이라는 것쯤은 대부분의 과학자가 이미 알고 있다. 발명가를 사칭하는 사기꾼은 이 말을 악용하여 자주 세상 사람들을 현혹한다. 이때 존재한다는 말의 의미를 잘 곱씹어보아야 한다. 가령 영원불변의 법칙에 어긋나는 발명이라면 실험해볼 필요도 없이 거짓이다. 거짓이기 때문에 재현해 보일 필요가 없는 것이 '존재하는' 것이다.

하지만 실제로는 가장 중요한 순간에 "그것은 해보나 마나 틀림없이 거짓이다"라고 단호히 말할 수 있는 과학자가 과연 몇이나 될까? 그보다 더 걱정되는 일은, 그렇게 말해선 안 되는 사안에 대해서마저 태연히 그렇게 말하는 과학자가 의외로 많다는 점이다.

1943년 3월

---

* 캐나다 출신의 마술사이자 저술가로 어메이징 랜디Amazong Randi라는 별명으로 잘 알려져 있다. 가짜 심령술과 초능력의 속임수를 폭로하는 데 일생을 바쳤다.

덧붙이는 말:

쇼와 18년(1943) 봄에 쓴 천리안 이야기는 그해 『문예춘추』 5월호에 실리게 되었다. 쇼와 18년 봄이라 하면, 제2차 세계대전이 발발한 지 3년째 되는 해이고 이미 미드웨이해전에서 패전하고, 과달카날에서 후퇴하면서 일본의 전세가 불리해질 대로 불리해진 만큼 정부 고위층이 불안과 초조함을 느끼기 시작한 무렵이었다.

이런 시기에 천리안 같은 한가한 얘기나 한다는 게 좀 이상하게 보일 수도 있을 것 같다. 사실 나는 읽지 못했는데, 한 비평 잡지에서 천리안 이야기가 도마에 올라 시국을 분간하지 못한다는 이유로 맹비난을 받았다고 한다. 사실을 말하자면 그 무렵 내각과 해군, 태평양전을 휩쓸고 있던 세기의 천리안 사건을 조금이나마 막아보고자 그 글을 썼던 것이다.

그 세기의 천리안 사건을 기억하는 독자도 있을 것이다. 바로 일본식 제철법과 관련된 사건이었다. 한 발명가가 밭 한가운데 사철을 올려 쌓은 후 알루미늄 가루를 넣어 불을 붙이니 사철이 단번에 순철이 되는 것을 발견했다. 일본에 널린 게 사철이기 때문에 획기적인 발명이 아닐 수 없었다. 이 사건에 처음으로 걸려든 사람은 해군이 관할하는 모 공장에서 재료부장으로 있던 이였다. (사철을 가지고) 몸소 시연을 해보니 진짜로 우수한 철이 만들어지는 것이 아닌가? 사철과 알루미늄을 섞어 쌓아 올린 후 그 위에 흙을 덮고 구멍을 뚫어 그 구멍에 약품을 주입한 다음 불을 붙이는 것만으로도 제대로 제련이 이루어지는 것을 본 그가 커다란 용광로를 만드는 건 바보 같은 짓이며 이번 발명이 전쟁을 승리로 이끌거라고 기뻐하고 있다는 이야기를 그 사람을 만나고 온 친구에게서 들었다.

이 정도 예만 들어도 이건 제2의 천리안 사건이라는 생각이 들었다. 그 공장 기술자들은 무얼 하고 있었는고 들어보니 〔열병의〕 병세가 이미 크게 악화되어 있었다. 충언을 해주어도 "이론 같은 것은 필요 없습니다. 철이 만들어지면 되는 거 아닌가요? 실제로 만들어지는데 학자들은 대체 왜 쓸데없는 이야기를 자꾸 들먹거리는지. 나, 원 참!" 하며 들으려고도 하지 않았다고 한다. 사실 친구가 그 제련법으로 만들었다고 가져온 철 견본을 보니 훌륭한 순철이긴 했다. 불가능한 일이지만 증거를 들이밀면 할 말은 없다.

그러나 이론보다는 증거가 상당히 골치 아픈 부분인데, 사실 이론을 뒤집을 만한 증거란 거의 없다고 보면 된다. 이때 이론이라는 것은 결국 지금의 과학 법칙을 말하며, 지금의 과학은 서양에서 발생한 학문이다. 기실 철 제련 문제에 관해서도 이런 얘기가 종종 나온다. "일본 학자들은 무턱대로 서양을 숭배하는 데만 급급하다. 일본식 과학을 하지 않고 서양인 뒤꽁무니만 쫓아간다. 그리고 어쩌다 누군가 순 일본식 제철법 같은 것을 발명하기라도 하면 트집부터 잡기 일쑤다." 그렇게 수많은 젊고 성실한 기술자가 이 제련법에 대해 더 이상 관여하지 않으려 했다. 이윽고 해당 제련법은 한 공장의 문제로 끝나지 않고 내각에서 국책으로 지정하기에 이르렀다. 기술자들이 비겁하다고도 할 수 있지만, 실제로 이런 종류의 열병이 이미 퍼져버렸다면 그건 두세 사람의 힘으로 막을 수 있는 문제가 아니다.

전혀 철이 만들어지지 않았다면 얘기가 간단하지만 실제로 만들어진다는 게 문제였다. 그건 알루미늄을 사용했기 때문이었다. 알루미늄과 산화철을 혼합하여 불을 붙이면 고온이 되어 산화철이 된다는 사실은 예전부터 알려져 있었다. 전차 선로를 용접하거나 할 때 주로 사용하는 방법으로 누구라도 한 번쯤은 본 적이 있을 것이다.

그런데 만약 이 일본식 제철법이 단순히 그것뿐이라면 철보다 더 중요한 알루미늄을 철의 열 배나 써야 하는 아무 의미 없는 허망한 이야기로 끝날 것이다. 마치 앞서 말한 '탱크 하나를 만드는 데 백 대의 비행기를 부순 것과 같은 이야기'처럼 말이다. 하지만 사안은 잠잠해지지 않고 점점 더 퍼져나갔다. 이번에는 "알루미늄은 처음 한 번만 사용하면 된다. 두 번째부터는 알루미늄 산화물의 녹을 사용하면 되기 때문에 생각만큼 알루미늄이 많이 필요하진 않다"는 주장이 나왔다. 이런 영원불변의 법칙에 어긋나는 이야기를 정부가 어디까지 믿고 있는 건지 걱정이 앞섰다.

그러던 중 느닷없이 이 제철법이 의회에서 발표되었다. 2월 5일 중의원에서 도조 히데키東條英機 수상이 당당히 새로운 제철법을 언급하며 이 방법으로 다음에 치를 전투를 대비해 철을 충분히 조달할 수 있을 것이라고 연설했다. 의원들은 일제히 박수갈채를 보냈지만 우리는 아연실색할 수밖에 없었다. 그보다 더욱 놀라운 사실은 그로부터 19일 후인 2월 24일 자 신문에 기술원의 발표가 실렸다는 것이다. 이 제철법 외에 두 개의 새로운 제철법을 더하여 세 가지 방법을 공식 제철법으로 인정하고 기술원이 전폭 지원하겠다, 그렇게 해서 대규모 철 생산을 이루어내겠다는 성명이었다. 상공장관은 "일본 기술계의 최고 권위자인 기술원 원장의 선언에 오류가 있을 리 없다"고 덧붙였다. 그의 말대로 당시 기술원이라고 하면 일본 과학 기술계에서 핵심적 역할을 하는 곳이다. 그런 곳에서 이런 성명을 냈다는 건 제국대학 박사가 천리안을 인정하는 것보다 더한 일이다.

긍정적으로 해석한다면 나라 전체의 앞날에 이미 먹구름이 드리우고 있었기 때문에 국민 사기 진작을 위한 성명이라고도 생각할 수 있다. 하지만 당시까지만 해도 일본 국민은 여전히 태평하게 지내고 있었기 때문에 이렇게 속이 뻔히 들여다보이는 졸책을 채택할 필요가 없었다. 역시나 진심으로 천리안을 추앙하고 나선 것이다. 상황이 이렇게까지 되면 가만히 보고만 있을 수 없는 일이다. 이런 이야기는 사건을 더욱 악화시키기 마련이기 때문이다. 그 발명가가 벌어들이는 돈이나 실험에 사용되는 자재쯤이야 별문제가 안 되겠지만 가장 문제가 되는 것은 이러한 열병의 확산이다. 전시 상황에서 성실하게 산업에 정진하고 있던 회사가 여러 새로운 발명을 선보인다. 보기엔 하나같이 국난을 극복할 수 있게줄 것만 같은 위대한 발명들이다. 이에 사장이나 임원들은 큰 관심을 보이며 사내 기술자가 하는 충언 따위는 "서양 과학에만 의존하니 큰일이네. 이론만 들먹거릴 때가 아니야"라고 일축해버린다. 실제로도 벌어지는 일이다.

응용화학을 연구하는 친구인 H 교수는 더 이상 내버려두면 안 되겠다는 생각에 기술원 총재에게 일본식 제철법이 불가능한 이유를 설명하고자 직접 찾아갔다. 다녀온 그의 이야기로는 아무래도 이번 일에 뭔가 정치적으로 검은 뒷거래가 있는 듯하며, 알고도 그러는지 정말 속고 있는 건지 잘 모르겠다고 했다. 그래도 전달하고자 한 내용은 간단한 것이었으니 충분히 이해했을 거라고도 했다.

하지만 가장 중요한 '제철 사업의 확장'은 멈출 기미가 없었다. 게다가 남양 군도 쪽에서 광산업으로 막대한 돈을 벌어들인 사업가와 모 관청의 부장이 합세하는 바람에 불길은 더욱 거세졌다. 이윽고 군 사업으로 대규모 생산 작업에 들어가게 되어 대형 공장 세 곳을 매수하게 되었다. 모 시멘트 회사 공장과 다른 두 곳이 물망에 올랐다. H 교수는 세 공장 모두 수운이 좋고 전기가 싼 이상적인 입지 조건을 갖춘 공장이니 여기에 문제 해결의 열쇠가 숨어 있으리라고 보았다.

매수되는 회사 입장에서 이는 사활이 걸린 큰 문제다. 회사 전무라는 사람을 만났을 때 이 제철법과 관련된 문서를 보았는데, 그 두께가 자그마치 10센티미터나 돼서 깜짝 놀란 적이 있다. 결국 회사의 격렬한 반대운동과 H 교수의 노력, 그 밖에 여러 분야에서 나온 충언으로 일본식 제철법은 중단되었고 천리안과 같은 운명으로 영영 어둠 속에 묻히는 최후를 맞이하게 되었다.

문제가 완전히 정리되고 H 교수는 말했다. "자네가 해준 천리안 이야기도 꽤 도움이 됐어." 시국을 분간하지 못한다고 비난받은 걸 충분히 보상받은 기분이었다.

입춘 달걀

입춘 때 달걀이 선다는 얘기는 근래 들어 가장 재미있게 들은 이야기다.

2월 6일 각 신문사는 이 새로운 발견에 대해 사진과 함께 대대적인 기사를 실었다. 어찌 보면 전면을 할애해도 될 만큼 큰 사건이었다.

예전부터 '콜럼버스의 달걀'이란 말이 있을 정도로 세계적인 문제였던 달걀 세우기가 이날 드디어 해결된 것이다. 하지만 그보다도 입춘 때 달걀이 선다는 게 사실이라면 지구의 회전 같은 지금까지 알려지지 않았던 특이 현상이 그 안에 숨어 있다거나 아니면 달걀 속 생명에 숨겨진 힘이 있는 것일 터. 그런 까닭에 인류 문화 역사상 제기되었던 현안이 이제야 해결된 게 아니라 현대 과학에 도전하는 신기한 현상이 갑자기 원자력 시대를 맞은 인류의 눈앞에 나타난 것으로 보아야 한다.

그런데 사실 그런 현상이 실제로 존재한다는 사실은 입증된 것이나 다름없다. 『아사히신문』은 중앙 기상대 예보실에서 신예 과학자들이 대거 모여 이 실험을 하고 있는 사진을 실었다. 달걀 아홉 개가 매끄러운 나무 책상 위에 똑바로 서 있는 사진이었다. 『마이니치신문』은 히비야日比谷에 위치한 어느 건물에서 타자수가 타자기 위에 달걀 열 개를 세운 사진을 실었다. 『삿포로신문』에도 뒤집힌 접시 위에 달걀 다섯 개가 서 있는 사진이 실렸다. 이렇게 되면 현상 자체에 대해서는 어떤 부정도 할 수가 없다.

하지만 이 현상은 이런 사진을 보지 않고도 거짓말이라고 단정할 수 있는 간단한 문제가 아니다. 상하이에서는 이 이야기가 올해 입춘 이삼일 전부터 크게 이슈가 되어 입춘에 실험을 해보겠다고 너도나도 달걀을 사들이는 바람에 한 개 50위안하던 달걀 가격이 무려 600위안까지 뛰었단다. 이렇게 세상을 떠들썩하게 한 사건이니만큼 허무맹랑한 이야기는 아닐 것이다.

『아사히신문』의 보도에 따르면, 올 입춘에 달걀이 선다는 이야기는 중국의 뉴욕 총영사 장핑췬張平群 씨가 중국 고서 『천현天賢』과 『비밀의 만화경秘密の萬華鏡』이라는 서적에서 발견한 것이라고 한다. 그리고 국민당 선전부 웨이魏 씨가 1945년, 즉 재작년 입춘 때 충칭에서 UP 특파원 랜들 기자가 보는 앞에서 달걀 두 판을 전부 세운 적도 있었다. 이오섬硫黃島에서의 패전 위기와 소란스러웠던 시국으로 그때 일본에선 달걀이 서든 말든 그게 중요한 게 아니었다. 물론 미국에서도 베를린 공격을 눈앞에 둔 상황에 이 얘기가 그다지 큰 관심을 끌지는 못했을 것이다.

그런데 올해 입춘에는 웨이 씨가 선전부 상하이 주재원으로 랜들 기자와 함께 상하이에 파견되어 와 있었기 때문에 다시 이 실험을 해보기로 했다.

라디오 방송국의 실황 중계진, 각 신문사 기자, 카메라맨들이 죽 늘어선 가운데 3일 밤 늦게 실험이 이루어졌다. 실험은 대성공이었고, 랜들이 3일 밤 UP 지국 바닥에 세워둔 달걀은 4일 아침까지도 쓰러지지 않고 서 있었을 뿐만 아니라, 타자기 위에도 세워졌다.

이 내용은 4일 자 영자 신문 1면에「랜들, 역사적인 실험에 성공」이라는 제목으로 대서특필됐다. 랜들은 입춘에 달걀이 서는 과학적인 이유는 잘 모르겠다면서도, "이것은 마술도 아니고, 또한 달걀을 세게 흔들어 알끈을 끊고 노른자를 가라앉혀 세우는 방법도 아니다. 더구나 콜럼버스식의 방법도 아니다"라며 독자들에게 올해는 이미 지나갔으니 내년 입춘에 꼭 한번 시험해보라고 권했다.

이렇게 확실하게 보도까지 되다 보니 어딘가 의심쩍어도 믿을 수밖에 없었다. 게다가 이 이야기가 미국에서도 관심을 받으면서 뉴욕에서도 실험이 이루어졌다. 장 여사라는 사람이 신뢰할 수 있는 증인들 앞에서 3일 오전 이 실험에 성공한 것이다. "처음 두 개는 쓰러졌지만 세 번째는 매끄러운 마호가니 탁자에 떡하니 섰다. 입춘이 시작된 3일 오전 10시 45분이었다."

상하이와 뉴욕, 도쿄에 이르기까지 전 세계 곳곳에서 잇달아 달걀 세우기에 성공했다. 입춘 시각은 나라마다 다르나 그리니치 표준시로 2월 3일 오후 3시 45분이었다. 그것이 뉴욕에서는 3일 오전 10시 45분, 도쿄에서는 5일 오전 0시 51분이라고 한다. 그런데 장 여사의 실험이 그 뉴욕 시각에 성공하고, 중앙 기상대에서는 4일 심야부터 시작해 "준비한 달걀로 오전 0시 드디어 실험 시작…… 30분에 일곱 개, 아홉 개, 그리고 마지막 남은 한 개까지 오전 0시 51분이 되니 모두 섰다"고 한다. 이렇게 되면 신문 기사와 사진을 믿을 수밖에 없고 입춘 시각에 달걀이 선다는 사실에도 의심의 여지가 없다. 수천 년 동안 중국 고서에 숨겨져 있던 위대한 진리가 오늘날 갑자기 각광을 받고 과학의 세계로 뛰어 들어온 것이다.

그런데 아무리 생각해봐도 입춘에 달걀이 서는 현상은 과학적으로 설명이 안 된다. 입춘이라는 것은 중국에서 전해 내려온 24절기 중 하나다. 태양년을 태양의 황경黃經에 따라 24등분하고 각 지점을 입춘, 우수, 경칩, 춘분, 청명…… 이런 식으로 이름 붙인 것이다. 더 쉽게 말하면, 태양의 황경이 315도가 되었을 때가 입춘으로, 해마다 조금씩 차이는 있지만 대체로 2월 4일경에 해당된다. 그러니 지구가 궤도상 어떤 지점에 왔을 때 달걀이 선다는 건 달걀이 315도라는 숫자를 알고 있다는 얘기다.

그야말로 불가사의한 일이며 이런 현상은 도저히 있을 수 없다. 그런데 그것이 실제로 전 세계적으로 입증되었으니 귀신이 곡할 노릇이었다. 입춘이 24절기의 첫 번째 절기이고, 일 년 계절의 첫 출발점이라는 데 뭔가 특별한 점이 있는 것일까? 봄이 선다는 입춘이니 달걀 정도쯤이야 충분히 설 수 있을지도 모른다. 하지만 미국 달걀이 그런 사실을 알고 있을 리 만무하다. 그럼에도 이건 실로 큰 이슈가 될 만한 사건이었다.

당연히 일본 과학자들이 가만히 앉아서 수긍할 리 없었다. 도쿄대학의 T 박사는 웃으며 이렇게 말했다. "이론적으로 아무 근거도 없는 이야깃거리에 불과합니다. 달걀이 서는 것은 우연의 일치죠." 실제로 실험을 해본 기상대 연구원들도 "중심만 잘 잡으면 언제든지 세울 수 있습니다"라고 깨끗이 정리해버렸다. 그러나 기사 말미에는 이렇게 쓰여 있었다. "입춘에 서는 달걀 이야기를 부정하긴 했지만 과연 진상은……" 아마 기자가 보기에도 의심쩍었던 모양이다. 그도 그럴 것이 5일 한밤중 실험에 돌입해 오전 0시 51분에 열 개의 달걀이 똑바로 서는 것을 눈앞에서 지켜보았으니 그 정도 설명으로는 수긍이 어려웠을 것이다.

『마이니치신문』에 나온 기상대 측의 설명은 좀더 상세하다. "기온이 내려가면 내용물의 밀도가 높아져 무게 중심이 밑으로 향하게 되어 서는 것이므로 반드시 입춘 시간에만 서는 것은 아닙니다." 그런데 이 설명도 조금은 이상하다. 뉴욕 장 여사의 거실은 분명히 춥지 않았을 텐데 말이다. 그리고 또 어느 대학 모 학장은 달걀 내부가 유동체이기 때문이라는 글을 썼다. 역시나 입춘이 아니어도 상관없을 것 같다는 의견이었다. 라디오에서 나온 설명은 내가 직접 듣지는 못했지만 추위 때문에 달걀 내부에 어떤 변화가 생겨 안정되었기 때문이라는 이야기였다고 한다.

하지만 일반인이 이 과학자들의 설명을 듣고 수긍하지는 못했을 것이다. 이 설명들이 입춘뿐만 아니라 다른 때에도 달걀을 세울 수 있다고 확실히 단언한 것도 아니었고, 무게 중심이 어떻게 된다는 건지 유동성이 어떻다는 건지 어떻게 안정화된다는 건지 명쾌하게 설명된 게 아무것도 없었다. 가령 유동성이 있으면 왜 쓰러지지 않는지 등이 명확하게 설명되었어야 한다.

또 다른 문제는 기사에서 '올해는 이미 지나갔으니 내년 입춘에 꼭 한번 시험해보라'는 식으로 언급했다는 점이다. 그런 말에 신경 쓰지 말고 입춘과 관계가 있는지 여부를 먼저 가려야 한다. 그래서 오늘이라도 당장 시도해보는 것이 중요하다.

사실 이 문제는 아주 간단하게 해결할 수 있다. 결론부터 말하면, 달걀은 아무 때나 세울 수 있다. 아침 식사 도중 신문을 읽다가 하도 신기해서 "여보 달걀 있어?"라고 물었다. 다행히 하나가 있다는 얘기에, 바로 그것을 가져다달라고 해서 식탁 위에 세워보았다. 중심을 잘 잡으면 설 것도 같았지만 좀처럼 세울 수가 없었다. 5분 동안 계속 시도해보았지만 다리가 튼튼하지 않은 식탁 위에서는 아무래도 안 될 것 같았다. 그래서 일단 미루고 학교에 나갔다.

모처럼 한가한 일요일, 전에 실험에 썼던 달걀이 있느냐고 물어보니 여전히 잘 보관하고 있다고 했다. 이번에는 침착하게 다다미 위에 앉아서 매일 사용하는 모과나무 책상 위에 세워보니 3~4분 만에 성공할 수 있었다. 자단나무 뺨치는 매끈매끈한 책상이었기 때문에 잘 안되지 않을까 걱정했는데 의외로 쉽게 서는 것을 보고 깜짝 놀랐다. 집사람도 다른 책상 위에서 해보았는데 별 무리 없이 세울 수 있었다. "뭐야 이거, 원래 달걀은 다 설 수 있는 거 아니야?"

그런데 아무리 생각해도 신기한 일이다. 달걀을 이렇게 쉽게 세울 수 있다면 콜럼버스에게 항의라도 해야 하는 것이 아닌가? 그래서 역시나 낮은 기온 때문에 그런 것이 아닐까 생각하고 집사람에게 그 달걀을 삶아달라고 부탁했다.

만약 삶은 달걀이 선다면 모든 문제가 깔끔하게 해결되는 것이다. 잔뜩 설레는 마음으로 삶은 달걀을 기다리고 있었는데, 집사람이 글쎄 깨진 달걀을 가지고 오는 것이 아닌가? 아이가 물에서 건져 올리다가 떨어뜨렸다는 것이다. 화가 난 나는 나가서 〔달걀을 다시〕 사 오라고 했다. 집사람은 상당히 기분 나빠했지만 어쩔 수 없이 사러 나가서 의외로 쉽게 달걀 두 개를 사서 돌아왔다. 하지만 집사람의 이야기로는 가게를 두 곳이나 돌아다니며 거짓말로 아이가 아프니 꼭 좀 낱개로 팔아달라고 부탁해서 겨우 사 올 수 있었다고 한다. 중요한 실험이 도중에 중단돼버렸으니 이 정도는 어쩔 수 없는 일이다.

이번에는 달걀 두 개의 크기가 각각 달랐다. 큰 달걀은 엉덩이 쪽 모양이 별로 좋지 않아서 그런지 좀처럼 서지 않았다. 그러나 작은 달걀은 바로 세울 수 있었다. 그래서 곧장 그 달걀을 삶아달라고 부탁하고 그사이에 큰 달걀로 다시 도전해보았다. 최대한 바닥과 수직이 되도록 세우고 오른손 손가락으로 가볍게 위쪽을 받치고 왼손으로 달걀을 조금씩 돌려가며 엉덩이 부분과 책상의 미세한 경사가 잘 맞는 곳을 찾아 세우니 세워졌다. 10분 정도 걸린 것 같다. 여기서 중요한 것은 인내심을 갖고 중심을 잘 잡으면 대부분의 달걀을 세울 수 있다는 것이다.

그사이 달걀이 다 익었다. 찬물에 헹구지 말고 그대로 달라고 한 까닭에 몹시 뜨거웠지만 다시 달걀 세우기에 몰입했다. 그러자 이번에도 수월하게 세울 수 있었다. 결국 〔달걀이 세워진 건〕 낮은 온도 때문에 내부가 안정되어서도 아니고, 유동적이어서도 아니었다. 혹시 몰라서 껍데기를 까고 세로로 반을 잘라 보았다. 노른자는 가운데 잘 자리 잡고 있었다. 아무런 변화도 없었다. 노른자 지름이 33밀리미터, 흰자 두께가 위에서부터 6밀리미터, 바닥에서부터 7밀리미터로 무게 중심이 밑으로 처져 있거나 하지도 않았다. 다시 말해 설명 따위는 필요 없었다. 원래부터 달걀은 설 수 있는 것이었다. 물론 달걀 세우기에만 해당되는 이야기는 아닌 게 학자들이 실험도 해보지 않고 그럴듯한 말만 늘어놓는 건 대체로 잘못되었다고 봐야 한다.

물리학에는 안정적 평형과 불안정 평형이라는 말이 있다. 평형의 위치에서 약간 벗어났을 때 원래 위치로 돌아오려는 우력(크기가 같고 방향이 반대인 평행한 두 힘)이 생기는 것을 안정적 평형 상태라고 한다. 세운 달걀은 흔히 불안정 평형 상태라고 알려져 있지만 물리학의 정의에서는 이것도 안정적 평형 상태로 볼 수 있다. 다만 안정 범위가 매우 좁을 뿐이다.

물건이 선다는 것은 중심에서 아래 방향으로 수직 연장한 가상의 선이 물건의 바닥면을 지난다는 의미다. 바닥면은 바닥과 접촉하고 있기 때문에 바닥에서 위쪽으로 물체를 지탱하는 힘이 그 물체에 작용하고, 그 힘과 물체에 작용하는 중력이 평형을 이루는 상태다. 그런데 일상생활에서 우리가 상식적으로 사용하는 안정, 불안정이라는 말에는 안정 범위라는 요소가 들어 있다. 물체를 약간만 기울여봐도 중심에서 밑으로 향한 수직선이 바닥면을 지나는 범위 내에서는 이전 위치로 되돌아가려는 방향으로 우력이 작용하여 물체가 제자리로 돌아오게 된다. 이것이 곧 안정 상태. 하지만 그 수직선이 저면을 벗어나면 우력은 점점 기울어진 방향으로 작용하여 물체는 쓰러지게 된다. 중심에서 내려온 수직선이 바닥면을 벗어났을 때의 기울기가 크면 안정이라고 하고, 조금만 기울어져도 바로 벗어나버리면 불안정이라고 하지만, 이것은 아마추어식 표현 방법이다. 사실은 안정 범위가 넓거나 좁다고 말해야 하는 것이다. 좋은 예로써 피사의 사탑은 약한 지반 때문에 한쪽으로 기울어져 있지만 그 정도 기울기에서도 수직선이 아직 바닥면을 지나고 있기 때문에 원래 형태 그대로 안정적 평형 상태를 유지하고 있는 것이다. 그래서 약한 지진이 발생해도 무너지지 않는다. 단지 탑이 똑바로 서 있는 상태보다 안정 범위가 더 좁을 뿐이다.

달걀은 바닥 면적, 즉 달걀껍데기가 탁자와 접촉하는 면적이 매우 좁다. 달걀 표면이 완전한 구형이고 탁자 상판이 완전한 평면이라면 기하학적으로 접촉하는 면은 한 개의 점이 된다. 즉 접촉 면적이 거의 제로에 가깝다. 그러나 물리학적으로 생각해보면, 달걀을 세울 때는 그 한 점이 달걀의 무게를 전부 지탱하게 되기 때문에 압력이 매우 높다. 압력은 무게를 접촉 면적으로 나눈 값으로, 달걀 무게가 50그램밖에 안 된다고 해도 접촉 면적이 제로에 가깝기 때문에 압력은 무한대가 된다. 물체가 일그러지는 현상은 힘 때문이 아니라 압력 때문이다. 막대기로 손바닥을 누르면 아무렇지도 않지만 똑같은 힘으로 눌러도 바늘로 누르면 찔리게 된다. 같은 이치로 공을 탁자 평면에 올려놓으면 접점 부근이 압력 때문에 약간 일그러지고 공의 접점 부근도 조금 일그러진다. 그래서 공과 평면 사이의 접촉면은 매우 작은 원 모양이 되고, 그 접촉면이 공의 무게를 지탱하게 되는 것이다.

공과 평면의 접촉면 면적은 공의 반지름과 무게, 탄성에 따라 결정된다. 공과 평면이 동일한 물질이고 양쪽 모두 완전한 기하학적 형태를 하고 있다면 이론적으로 접촉면적을 계산할 수 있다. 즉 헤르츠식 방법을 이용하면 바로 계산해낼 수 있다. 떡갈나무 탁자 위에 달걀을 세운다고 가정해보자. 떡갈나무의 세로탄성률〔영률〕은 1.3×10^{11} 정도 된다. 대략적인 짐작이기 때문에 달걀껍질의 강도도 떡갈나무와 같은 정도라고 본다. 달걀 무게를 50그램, 달걀의 바닥면 부분을 구형으로 보고 그 반지름을 2.5센티미터로 하여 접촉 면적을 계산해본다. 그러면 원의 지름이 2.2×10^{-3} 센티미터임을 쉽게 알 수 있다. 즉 지름이 0.02밀리미터 정도인 원형 부분이 일그러져 그 접촉 면적이 달걀을 지탱하는 것이다. 그래서 달걀의 중심에서 아래로 연장한 수직선이 그 접촉면을 지나면 달걀이 서는 것이다. 여기서 중요한 것은 인내심을 갖고 조금씩 움직여 가면서 중심을 잡아야 한다는 점인데, 0.01~0.02밀리미터 정도의 세밀한 조정을 사람 손으로 하기란 매우 어려운 일이다.

그래서 다음으로 생각해볼 문제가 달걀 표면의 성질이다. 달걀이 완전한 구형이나 타원형은 아니며 표면이 거칠다는 사실은 누구나 알고 있을 것이다. 지금은 0.01밀리미터 정도의 작은 수치도 따지고 있는 만큼 표면의 성질도 고려해야 할 것이다. 표면에 작은 요철이 있으면 볼록한 부분 서너 군데가 탁자와 접촉하게 되고 그것이 삼발이와 같은 역할을 하여 달걀을 받쳐주게 된다. 따라서 달걀의 '접촉 면적'은 탁자와 접촉하는 볼록한 부분 서너 곳이 만들어내는 면적이 된다. 이론상으로는 삼각형의 세 꼭짓점으로도 충분하지만 실제로는 사각형의 네 꼭짓점 또는 그보다 조금 많은 점이 있을 것이다. 어쨌든 이 방법은 위에서 말한 0.01~0.02밀리미터 값보다 훨씬 더 클 것이다.

점심시간 중에 이 이야기를 들려줬더니 H 군이 달걀 껍데기를 현미경으로 살펴보자고 제안했다. H 군은 인공 눈을 만드는 데 명수다. 현미경을 보면서 눈의 결정을 세공하는 작업에 능숙하기 때문에 달걀 요철쯤은 일도 아니다. 즉시 받침대 위에 먹물을 바르고 그 위에 달걀을 세워 달걀 밑바닥에 검은 점이 표시되게 했다. 그리고 표시된 곳을 세로로 잘라 그 단면을 현미경으로 들여다보았다.

놀랍게도 달걀 표면의 요철은 매우 부드러운 물결 모양을 하고 있었다. 거칠거칠한 부분의 오목한 지점과 볼록한 지점의 높이 차이, 즉 물결 높이는 약 0.03밀리미터에 지나지 않았으나 볼록한 부분 간의 거리, 즉 파장은 약 0.8밀리미터나 됐다. 이로써 모든 문제가 분명해졌다. 삼발이의 다리 간격이 약 0.8밀리미터였기 때문에 0.5밀리미터 정도의 정밀도로 중심을 잘 잡으면 달걀을 똑바로 세울 수 있게 되는 것이다. 그 정도 정밀도라면, 인내심을 갖고 침착하게 중심을 잡으면 사람도 충분히 달걀을 세울 수 있다. 0.01~0.02밀리미터는 좀 어렵지만 이 정도라면 가능하다.

어쨌든 달걀의 볼록한 부분과 탁자가 접촉하는 것은 앞에서 말한 공과 평면의 탄성 변형 접촉과 같은 이치다. 탁자 표면의 요철까지 생각하면 이야기가 너무 복잡해지니 더 깊이 들어가지는 않기로 하고 지금까지의 결론을 보면 다음과 같다. 달걀 표면의 볼록한 부분과 탁자가 접하는 부분은 지름 0.01~0.02밀리미터의 원형이며 그러한 접점 서너 개가 약 0.8밀리미터의 간격을 두고 달걀을 받치고 있다.

그렇다면 달걀이 어느 정도 기울어야 중심선이 바닥면을 벗어나는지, 즉 어느 정도 기울어야 달걀이 쓰러지는지 계산할 수 있다. 중심선의 높이를 2.5센티미터로 하면 그것이 옆으로 0.5밀리미터 벗어났을 때의 기울기는 약 1도다. 그래서 일단 세운 달걀은 1도 정도의 기울기까지는 안정

적이나 그 이상 기울어지면 쓰러지게 된다. 실제로 탁자 위에 달걀을 세워놓고 아주 살짝 책상을 흔들어보면 눈에 보일 정도로 흔들리긴 하지만 좀처럼 쓰러지지는 않는다. 하지만 조금 더 세게 흔들면 당연히 쓰러진다. 눈으로 보이는 흔들림이 대체로 1도 정도인 것이다. 이로써 달걀이 서는 현상에 대한 역학적인 설명은 끝났다.

이렇게 살펴보니 달걀이 서는 건 당연하다는 결론이 나온다. 적어도 콜럼버스 이전 시대부터 오늘날까지 인류가 달걀은 서지 않는다고 잘못 알고 있었던 것이다. 앞에서 이 이야기를 신문 전면을 다 할애해도 될 만큼 큰 사건이라고 말한 것도 바로 이 때문이다. 전 인류가 수백 년이라는 긴 세월을 모르고 지나쳤던 사실을 이제야 알게 되었으니 그야말로 대발견이라고 할 수 있다.

그런데 참 이상하다. 왜 전 인류가 그런 오해에 빠져 있었을까? 그 이유는 깊이 생각해볼 필요가 있다. 중심만 잘 잡으면 되지만 1도 이내의 각도란 매우 미세한 범위라 달걀을 수직으로 세우는 건 굉장히 어려운 일이다. 그 정도의 정밀함으로 달걀 기울기를 조정하기 위해서는 약 0.1밀리미터까지 미세한 조정을 해야 한다. 그것을 인간 손으로 하기 위해서는 상당히 섬세한 작업이 필요하다. 실은 학교에 달걀을 가지고 가서 사람들 앞에서 세워 보이고 실험을 진행하려 했으나 좀처럼 세워지지 않았다. 하지만 집에 와서 조용한 밤에 침착하게 책상에 앉아 해보니 비교적 쉽게 세울 수 있었다.

즉, 달걀을 세우려면 조용한 곳에서 흔들리지 않는 탁자를 골라 5분이나 10분 정도를 침착하게 인내하며 여러 번 세워보아야 한다. 달걀은 서지 않는다는 고정관념을 품고 시도하면 거의 불가능한 일이고, 사실 실제로 직접 해본 사람도 없었을 것이다. 그런 점에서 입춘에 달걀이 선다는 중국 고서의 기록엔 의외로 깊은 의미가 있었던 것 같다. 나도 신문에 실린 사진을 보지 않았더라면 달걀을 세울 수 없었을 것이다. 수백 년 동안 전 세계적으로 달걀이 서지 않았던 건 모두가 서지 않는다고 생각했기 때문이다.

인간의 눈에 맹점이 있다는 사실은 누구나 알고 있다. 그러나 인류에도 맹점이 있다는 사실은 다들 잘 모르는 것 같다. 달걀이 서지 않는다고 여기는 수준의 맹점은 사실 별거 아니지만 이와 비슷한 일이 여러 방면에 있을 것이다. 그리고 인류 역사가 그런 사소한 맹점에 크게 좌지우지되는 일도 없지는 않을 것이다.

입춘 달걀 이야기는 인류에 맹점이 있음을 알려주는 하나의 좋은 예로써 우리에게 교훈을 준다. 솔직히 이만큼 훌륭한 예도 찾기 힘들다. 뉴욕, 상하이, 도쿄에 전보를 두세 번씩 치는 요금 정도는 사용할 값어치가 있는 이야기다.

1947년 2월 12일

비교과학론

1. 연구의 두 가지 형태

과학이 오늘날처럼 발달하다 보니 전문 분야가 매우 다양하게 세분화되고 연구 방법도 천차만별이다. 사용되는 기계나 연구 방법을 봐도 정말 다양한 게 사실이다. 그러나 그 수많은 연구 방법도 대략 두 가지 형태로 나눌 수 있다.

하나는 오늘날 정밀과학이라고 불리며 거의 모든 과학 분야에 두루 이용되는 연구 형태다. 문제를 상세하게 검토하고 그것을 분류, 정리해 문헌을 살펴 미지의 현상을 발견해내는 방식이다. 이른바 연구 과제가 결정되면 그것에 대해 먼저 이론적인 고찰을 하고 어떤 실험을 해야 목표로 하는 지식을 얻을 수 있는지 검토한다. 그리고 실험을 그대로 진행해 그 결과를 논문으로 보고한다.

이런 종류의 연구에서 가장 중요한 것은 좋은 연구 과제를 찾아내는 일이다. 그것을 발견하면 나머지 문제는 여러 실험을 통해 풀어나가면 된다. 비교적 쉽게 풀리는 때도 있을 것이고, 매우 어려운 실험을 해야 하는 때도 있을 것이다. 그러나 어느 때라도 범인이 누구인지 알면 붙잡을 수 있다. 네즈미고조鼠小僧*나 이시카와 고에몬石川五右衛門**과 같은 상대를 만나면 매우 복잡하고 어려운 실험을 감내해야 하겠지만, 좀도둑 정도라면 간단한 실험으로도 밝혀낼 수 있다. 어쨌든 범인을 알아내고 검거하기란 어려운 일이라서 이런 종류의 연구는 경찰청식 연구라고 할 수 있다.

반대로 범인의 이름도 모르고 아예 범인이 있는지 여부조차 알 수 없을 때도 있다. 아마존강 상류, 지금까지 인간의 발이 닿지 않은 지역으로 탐사를 떠난 생물학자의 연구처럼 말이다. 거기엔 희귀한 생물이 살고 있을지도 모르지만 경우에 따라서는 없을 수도 있다. 이럴 때 찾아낸다는 말은 범인을 수색한다는 말과는 완전히 다르다. 생각지 못한 새로운 것을 발견하는 일은 아마존강 상류에서만 일어나는 게 아니라 물리 실험실에서도 일어날 수 있다. 이처럼

* 몸은 왜소했으나 동작이 민첩하며 잘사는 무가武家의 저택에만 침입했다고 하는 의적義賊.

** 일본의 홍길동이라고 불리는 의적.

새로운 종류를 찾아내는 방식의 연구를 아마존식 연구라고 부른다.

아마존식 연구의 특징은 있는지 여부도 모르는 새로운 것을 찾아야 하기 때문에 과제가 주어진다기보다 '지역'이 주어진다는 것이다. 신종 생물을 발견하려 한다면 이 '지역'을 아마존강 상류로 정해야겠지만, 물리학 연구라면 지역을 특정할 필요는 없다. 자연계에 있는 모든 물질과 힘이 연구 대상이기 때문에 자연계 전부가 해당 '지역'이 되는 것이다.

이렇게 말하고 보니 경찰청식과 아마존식, 즉 전혀 다른 두 개의 방식이 있는 것처럼 생각할 수도 있겠다. 하지만 사실은 이 두 형태가 융합된 경우에 좋은 연구가 탄생한다. 그럼에도 앞에서 말한 두 가지 형태는 서로 상반되는 양상을 보인다. 어쨌든 중요한 건 두 가지 형태를 잘 융합해야 한다는 분명한 사실이다. 좀더 이해하기 쉽게 양극단의 방식에 대해 알아보도록 하겠다.

2. 경찰청식 연구

우선 경찰청식에 관한 이야기다. 아마존식과 가장 상반되는 방식으로는 미국 등에서 진행되는 위탁 연구를 들 수 있다. 물론 예외도 있지만, 대다수의 위탁 연구는 목적도 방법도 명백하고, 조금 과장해서 말하자면 처음부터 논문이 만들어져 있다고 해도 과언이 아니다. 다만 그 논문은 측정 수치를 쓰는 칸만 비어 있다. 그래서 실험을 하고 그 빈칸에 수치만 써 넣으면 연구는 끝난다.

그 정도가 아니라 매우 상세하게 기술된 연구 계획서라도 그대로 따르기만 하면 된다. 연구해야 할 재료가 세 가지이고 그것을 다섯 가지 온도에서 각각 열 번씩 측정한다는 계획이라면, 네 가지 온도로 실험이 진행되는 경우는 없다. 또 다섯 가지 온도로 실험해보고 조금 이상한 점이 발견된다 해도 좀더 낮은 온도까지 알아보려고 하지 않는다. 계획의 범위를 벗어나기 때문이다.

위탁 연구라는 것은 말하자면 위탁인 쪽에서 자료를 사는 것이기 때문에 위탁받은 쪽에서도 순수한 학문적 관심을 갖고 문제를 연구하지 않는다. 따라서 계약 사항만 충실히 수행하고 결과만 넘겨준 뒤 연구에서 손을 뗀다.

당연한 얘기지만 이런 연구에서 새로운 지식을 얻는 일은 거의 없다. 기존에 있던 표에서 빠진 부분을 채워 넣는 식의 연구가 진행될 뿐이다. 물론 실제로 물건을 만들 때는 이런 연구가 매우 중요하다. 요즘 나온 새로운 기계는 하나같이 고성능에 구조가 매우 복잡하다. 각 요소를 나누어 그 하나하나에 대해 정밀한 연구를 하고 유기적으로 작동하도록 조립한다. 이런 연구에선 알려지지 않은 새로운 현상을 찾는 데 시간과 노력을 들이지 않는다. 필요한 자료만 확실히 수집하고 나면 연구는 끝나는 것이다.

그러나 그것도 원리를 잘 알고 있을 때나 가능한 일이다. 그중 가장 알기 쉬운 것은 예전부터 잘 알려진 원리를 이용해 성능이 더 좋은 물건을 만드는 일이다. 예를 들어 인공위성 원리는 뉴턴이 정립한 것으로, 지금도 그 이론엔 변함이 없다. 물건을 던질 때 속도가 느리면 가까운 곳에 떨어지지만 빠르면 멀리까지 날아간다. 속도가 빠르면 빠를수록 더 멀리 날아가기 때문에 더욱 빠르게 던진다면 지구 반대편까지 날아갈 수도 있다. 그 이상 빨라지면 떨어지지 않고 인공위성이 되는 것이다. 달이 지구를 도는 것도 사과가 땅에 떨어지는 것도 다 뉴턴이 발견한 만유인력이라는 법칙에 의한 것으로, 이것이 곧 인공위성의 원리다.

원리는 잘 알고 있지만 실제로 인공위성을 만드는 것, 즉 지구 반대편보다 더 멀리까지 날아갈 수 있는 초고속 이동체를 만드는 것은 매우 어려운 일이다. 예전에는 상상도 못 했던 속도까지 낼 수 있게 되었다는 점에서 로켓의 비약적인 발달은 금세기 과학의 승리라고 할 수 있다. 그러나 순수 과학에서는, 인공위성 내지 인공행성의 발명에 대해 그동안 하지 못했던 우주 연구를 할 수 있게 되었다는 데 의의를 둔다. 대기권 밖의 세계는 인류가 가보지 못한 미지의 세계다. 거기에 무엇이 있는지는 전혀 밝혀진 바가 없다. 새로운 아마존 유역이 과학자들이 오기만을 기다리고 있을 것이다. 말하자면 경찰청식 연구가 극에 달했을 때 그 앞에 아마존식 연구가 기다리고 있는 셈이다.

3. 아마존식 연구

새로운 아마존강 유역으로 탐사를 떠나는 생물학자들은 거기에 어떤 신종이 있는지 모른다. 대상의 실체를 모를 뿐만 아니라 그러한 것이 있는지 여부조차 알지 못한다. 따라서 새로운 종을 발견하기 위해서는 항상 눈을 크게 뜨고 주의 깊게 탐색을 계속하는 수밖에 없다. 그리고 조금이라도 새로운 점이 발견되면 재빠르게 그 대상을 찾아 깊이 연구한다. 그게 새로운 발견으로 이어질 수도 있고 아무것도 나오지 않을 수도 있다. 물론 후자가 더 흔하다. 하지만 다른 방도가 있는 것도 아니기에 어쩔 수 없는 일이다.

만약 새로운 것이 발견된다면, 그 확률은 실마리를 포착한 확률과 그에 대한 연구 방법이 성공할 확률의 곱으로 결정된다. 당연히 둘 다 과학에 대한 기초 지식이 바탕이 되어야 하지만 (그 와중에도) 전자는 직감이 중요한 역할을 하고 후자는 연구에 대한 애정이 있어야 한다.

아마존식이라고는 했지만 물리학에선 모든 자연 현상이 연구 대상이 되기 때문에 우리 주변부터 대기권까지의 모든 곳이 '아마존 유역'이 된다. 이를 더 잘 이해하기 위해 다시 막대 폭죽 이야기를 생각해보자.

막대 폭죽의 불꽃은 회전 숫돌에서 발생하는 철 성분의 불꽃과 비슷한 점이 많은데, 이것이 식으면 지름 0.1밀리미터 정도의 작디작은 철구가 된다. 그런데 이것과 완전히 똑같은 것이 태평양 심해 진흙에서 많이 발견되고 있다. 이는 대서양 심해에서도 발견되지만 태평양 적점토에서 훨씬 더 많이 발견된다.

태평양 심해의 깊이는 6000미터 이상으로, 육지에서 떠밀려 온 오니는 대륙붕 주변에 침전되기 때문에 이렇게 깊은 곳까지 오지 못한다. 그래서 이 철구는 타고 남은 유성의 흔적으로 보고 유성구라고 부른다. 유성은 의외로 많은 양이 지구상에 쏟아져서 무게 1밀리그램 이상의 유성이 하루에 1억 7000만 개, 0.025밀리그램까지 합치면 하루에 80억 개 정도는 대기에 유입된다고 한다.

이 유성은 대부분 대기 중에서 타서 매우 작은 먼지, 즉 우주먼지가 되어 대기 중에 흩어진다. 최근 이 우주먼지가 비구름의 중심이 된다는 가설이 나와 학계를 떠들썩하게 했지만, 이에 반대하는 학자도 많다. 잠깐 이야기가 다른 데로 샜지만, 어찌 됐건 철로 된 유성 중에서 덩치가 커 다 타지 않고 녹아서 작은 철구가 되어 지상까지 도달한 것이 유성구다. 이 유성구의 형태와 성분은 막대 폭죽의 불꽃과 거의 같다. 철공장에서 우리는 매일 유성구를 만들고 있는 것이다. 해저에 쌓인 진흙의 연대 측정 연구에 따르면 태평양 심해의 진흙은 천 년에 1밀리미터 정도의 비율로 침전하고 있다고 한다. 스웨덴의 한스 페테르손 교수는 5미터 아래에서까지 이 유성구의 존재를 확인한 바 있다. 무려 500만 년 전의 유성을 발견한 것이다.

그런데 철의 불꽃은 더 재미있다. 순철이라면 더 확실히 알 수 있는데, 이 불꽃은 빛이 약해지면서 꺼지려고 하다 갑자기 다시 빛이 세졌다가 재차 약해지면서 이제 정말로 꺼지게 된다. 그런데 유성도 똑같이 이런 재발광 현상을 보인다. 이 현상에 관한 유성 사진과 철에서 나오는 불꽃 사진을 나란히 놓고 보면 거의 구별이 안 된다. 아직 이 재발광 현상의 자세한 원인을 밝혀낼 순 없지만, 대기권 밖도 우리 주변도 모두 아마존 유역임을 알 수 있게 해주는 좋은 예라고 하겠다.

4. 두 방식의 융합

오늘날처럼 물리학이 발달해도 새로운 발견이라는 건

우연한 기회에 얻게 되는 때가 상당히 많다. 완전히 새로운 것이란 아무도 예상하지 못한 것이라는 점에서 우연히 발견되는 게 당연하기는 하다.

오늘날 원자력 시대를 가능케 한 기초 지식은 원자핵 이론이며, 원자핵의 구조는 양전자, 중성자, 중간자 등 이른바 소립자의 발견으로 밝혀졌다. 그런데 이러한 소립자는 윌슨의 안개상자 덕분에 발견할 수 있었다. 윌슨의 안개상자는 방사선 입자의 움직임 하나하나를 눈으로 확인할 수 있게 해주어 원자 연구에 지대한 공을 세웠다고 할 만하다.

하지만 이 안개상자는 원래 방사선을 보기 위해 고안된 게 아니라 비 생성 원리를 연구하던 중 발명되었다. 수증기가 상공에서 응결하여 구름이 되고, 구름 입자가 모여 비가 되어 내린다. 수증기가 응결하여 구름 입자가 되기 위해서는 응결핵, 즉 구름 입자의 중심이 되는 것이 필요하다. 윌슨은 기상학자로서 공기 중 이온이 응결핵이 되는 것을 연구하던 참이었다.

수증기로 포화된 공기를 급속 팽창시키면 온도가 떨어져 과포화 상태가 된다. 이때 공기 중에 중심이 되는 것이 있으면 그것을 중심으로 수증기가 응결하여 하얀 안개가 만들어진다. 윌슨은 엑스선이나 라듐 방사선을 안개상자

속으로 조사하여 이온을 만들고 이 이온이 안개의 응결핵이 되게끔 하는 실험을 하고 있었다.

윌슨은 방사선 조사로 만들어진 이온의 분포를 알아내고자 상자 내부의 공기를 흐트리지 않고 급속 팽창시킬 수 있는 짧은 길이의 원통형 유리 상자를 만들고 그 바닥에 피스톤을 장착했다. 이 장치를 이용하여 수증기를 급속 팽창시켜보았더니 하얀 선이 보였다. 라듐을 사용했기 때문에 라듐 입자들이 공기 중에 섞여 있었고, 그 입자들에서 알파선이 나오고 있었던 것이다. 방사선 입자가 안개상자를 지나는 도중에 공기 분자와 충돌하여 이온을 만들고 그 이온을 중심으로 수증기가 응결한 것이므로 이 흰색 선은 알파선의 흔적을 보여주는 것이었다. 따라서 이 방법을 사용하면 방사선 입자의 움직임을 눈으로 확인할 수 있게 된다. 이는 실로 대단한 발견이었다. 윌슨은 이 장치를 점차 개선해 다양한 방사선 입자 연구를 가능케 했고, 덕분에 새로운 연구 분야를 개척할 수 있었다.

오늘날 원자폭탄 제조 및 원자력 해방은 우라늄 핵분열 기술 덕분에 가능했다. 원자 및 원자핵 연구는 금세기 초반부터 현대 물리학의 주류가 되었지만 원자력을 실제 에너지원으로 사용할 수 있다는 생각을 하게 된 건 1938년 독일 화학자 오토 한과 그의 제자 프리츠 슈트라스만이 우

IN·DIESEM·HAUSE
DEM·DAMALIGEN
KAISER·WILHELM
INSTITUT·FUR
CHEMIE
ENTDECKTEN·1938
OTTO·HAHN
UND
FRITZ·STRASSMANN
DIE·URAN-SPALTUNG

오토 한(위)과 베를린자유대학 오토한바우(오토한 건물)에 있는
오토 한, 프리츠 슈트라스만 기념 명판.

라늄 핵분열을 발견했을 때부터다.

우라늄 핵분열 현상은 당시까지만 해도 꿈에서나 일어날 법한 일로 여겨졌다. 한과 슈트라스만 또한 우라늄 핵분열을 목표로 실험한 게 아니었다. 원래 두 사람은 우라늄 원자핵에 중성자를 충돌시켜 우라늄보다 더 무거운 원자를 만들려고 시도했다. 그러나 실험 결과 계획과 반대로 우라늄 원자핵이 더 가벼운 두 개의 원자핵으로 분열된다는 사실을 알게 되었다. 이 역시 우연한 기회에 얻어진 대발견이라고 할 수 있다.

우연히 대발견을 하게 된 연구에는 아마존식 요소가 강하게 반영되어 있다. 그러나 앞에서 언급한 우라늄 핵분열에선 우연히 발견된 실마리를 풀어나가는 데 원자론이 꼭 필요했다. 이를 연구하고 확인하는 데는 경찰청식 연구 방법이 이용되기 때문에 사실 후자에 훨씬 더 많은 노력과 학식이 필요하다. 보통 논문으로 발표되는 것도 이 부분이며, 처음 있었던 아마존식 요소는 생략되거나 머리말에서 조금 언급될 뿐이다. 그래서 원자론 등 현대 물리학에는 아마존식 연구 방법이 더 이상 개입될 여지가 없다고 착각하기 쉽다. 그러나 물리학이 아무리 발전한다고 해도 전혀 예상치 못한 새로운 발견은 차례차례 나타나는 법이라 아마존식과 경찰청식을 융합하는 방식이 진정한 연구라

할 수 있다.

5. 철학적 연구

과학은 철학에서부터 나왔지만 현대에 접어들며 철학은 제쳐두고 독주하는 실정이다. 그러니 대부분의 과학자도 오늘날처럼 발달된 과학 분야에선 철학적 사고가 더 이상 필요치 않다고 생각한다.

하지만 데라다 선생은 전혀 다른 생각을 가지고 있었다. 그는 그리스 철학자 루크레티우스의 『사물의 본성에 대하여*De Rerum Natura*』를 즐겨 읽었으며 나름의 해석을 내리기도 했다. 그중에는 다음과 같은 내용도 있었다.

현대 물리학은 매우 정교하게 발달했으나 그 형식은 고대 그리스 시대 사고방식과 거의 차이가 없다. 그것은 서양적 사고방식의 기조를 이루며, 인간의 두뇌가 얼마나 문화와 전통의 지배하에 있는지를 잘 보여준다. 동양과 전혀 다른 문화에서 자란 사람의 의식은 전혀 새로운 형식의 과학 창설에 중요한 역할을 했다고 할 수 있다. 예를 들어 오늘날의 물리학은 자연계에서 양적으로 측정할 수 있는 성질을 추출하여 그것들의 관계를 수식으로 표현하는 방향으로 발전해왔다. 그러나 자연계에는 그 외에도 많은 물리 현상이 존재하는 만큼, 그런 문제를 다룰 수 있는 다른 형태의 물리학이 필요하다고 생각한 것이다.

데라다 선생은 그 일례로 '형태물리학'이라는 것을 염두에 두었다. 이에 대해 자주 했던 이야기가 있다. "형태가 동일하면 반드시 현상으로서도 동일한 법칙의 지배를 받는다. 형태가 유사한 것을 단순히 형식상의 일치로만 보는 사람은 형식이라는 단어의 진정한 의미를 잘 알지 못하는 사람이다." 이 말에는 매우 깊은 뜻이 담겨 있다.

그는 이런 문제를 단지 깊이 생각하기만 한 게 아니라 구체적으로 다양한 현상을 연구하는 데 있어 형태 연구란 것을 해왔다. 균열 현상이나 전기 불꽃, 막대 폭죽, 마블링 프린트 연구 등에 있어서도 형태 연구가 그 바탕을 이뤘다.

그는 현대 과학이 분석에만 치우쳐 있는 경향에 대해서 꼬집기도 했다. 그는 '종합물리학'이란 것도 있을 수 있다고 언급했는데, 가령 여기에 어떤 복잡한 형태의 파형이 있다고 하자. 지금의 물리학적 방법으로는 이를 응용수학을 이용해 푸리에 급수로 전개하고 분석하는 것이 보통이다. 임의의 형태를 한 파형은 전체 주기와 같은 주기를 가진 사인파와 그 사인파의 배음의 합으로 나타낼 수 있다. 이렇게 임의의 복잡한 파형을 사인파의 합 형태로 나타낸 것을 푸리에 급수라고 한다. 사인파의 성질을 잘 파악하고 있으면 그것을 나타내는 방법도 간단하다. 그래서 복잡한 형태의 파형을 사인파의 집합이란 형태로 분석하면 각 요소의 사인파에 대해 그 성질을 조사하고 합을 내서 전체의 특성을 나타낼 수 있다. 다만 이 방법은 일일이 계산을 해야 하는 불편함이 있다. 들인 노력만큼 보람이 없을 때도 많다.

선생은 이를 종합물리학의 '복잡한 형태의 전체 파형'으로 보고 우리가 감각할 수 있게끔 유성영화 필름에 파형에 대응하는 농담을 기록해보고자 했다. 그것을 소리로 재생시키면 파형에 따라 각기 다른 음색으로 들릴 것이라는 예측이었다. 다양한 파형의 음색이 모두 다르면 파형 전체를 우리의 감각인 청각으로 들을 수 있다는 가설이었다. 결국 성사되진 못했지만 참 재미있는 발상이었다.

선생은 철학에도 조예가 깊었다. 미완의 명저인 『물리학 서설物理學序說』에는 물리학의 본질에 대한 심오한 통찰이 담겨 있다. 이 책을 읽고 나면 데라다 물리학에는 역시 철학적 배경이 짙게 깔려 있음을 느낄 수 있다. 당시 일부 과학자들 사이에는 철학적 사고가 실제 물리학을 연구하는 데는 전혀 필요하지 않다는 생각이 만연해 있었다. 그러나 투철한 눈으로 과학의 본질을 파악하는 철학적 사고가 인간의 사고 체계인 물리학에 도움이 되지 않을 리 없다. 『물리학 서설』에는 이와 관련된 좋은 예가 적혀 있다. 내용을 제대로 이해하기 위해서는 먼저 이 책이 쓰인 시대적 배경을 알아야 한다.

이 책은 미완성이며 선생의 사후에 초고가 발견되었다. 집필 시기는 1920년에서 1925년 사이로 추정된다. 이 시대는 현대 양자역학의 기초를 이룬 루이 빅토르 드 브로이나 에르빈 슈뢰딩거 등의 논문이 나오기 직전이다. 고전 전자론의 발달이 정점에 달해 있었고, 전자의 크기나 강성 전하의 분포 상태 등에 관한 논의도 끝날 줄 몰랐으며, 스콜라철학의 정취까지 물씬 풍기던 때였다. 정확히 그 무렵 선생은 이 책 제2편 제3장 「실재實在」에 다음과 같이 적었다.

"나는 과거의 역사에 비추어 현재의 물리학을 봤을 때, 적어도 지금 그대로의 모습에서 그것(물리학의 발전 경로— 원주)이 필연적이진 않았다고 생각한다. 만약 그렇다면 물리학의 성과인 전자 등도 실재한다는 확실한 증거가 아직 없으므로 이와 관련된 이론이 모두 수정되는 날도 올 것이라고 믿는다." 그는 단언했다.

지금 생각해보면 전 세계 물리학자가 전자의 이차적 성질에 대해 스콜라철학에 기반한 연구에 매달려 헛된 노력을 기울였던 셈이다. 상황이 이렇게 된 이유는 전자의 입자성을 보여주는 실험 결과에 의존해 다들 전자가 야구공 같은 작은 공 형태라고 믿고 있었기 때문이다. 전자를 그런

'실재'라고 믿어버리면 자연히 거기에 다양한 물질적 특성을 부여하기 마련이다. 그래서 옛날부터 물질의 첫 번째 성질로 간주되었던 불가입성不可入性* 등에 대해서도 의문을 품는 사람이 거의 없었다. 하지만 선생은 그 점까지도 확실히 지적했다.

"만약 오늘날 전자의 색을 검은색이나 붉은색이라고 말하면 학자들은 틀림없이 웃을 테지만, 전자가 강체라거나 탄성체라는 주장에 대해서는 그만큼 의심하지 않는다. 하물며 전자의 불가입성을 의심하는 사람은 극히 드물다. 그러나 나는 여기서 쓴 바와 같이 전자에 당연히 불가입성이 있을 것이라는 가정을 결코 인정할 수 없다." 이는 매우 뛰어난 발상이며 철학적 사고가 물리학에서도 얼마나 중요한지를 보여주는 귀한 예 중 하나다.

그가 이렇게 적은 후 불과 몇 년 뒤에 드 브로이가 전자의 물질적 특성을 부정했고, 슈뢰딩거 방정식—형태도 불가입성도 없는 수학적 표현—으로 전자가 규정된 것이다. 이 기초에서 출발한 양자역학이 오늘날 원자력의 비밀을 밝힐 만큼 발전을 이뤘다고 할 수 있다.

---

* 두 물체가 동시에 같은 공간에 있을 수 없는 성질.

6. 결론

비교과학론이란 새롭게 생긴 용어로서 그 의미가 명확하지 않다. 문학이나 종교같이 그 나라 국민성에 따라 현저한 차이가 나는 분야는 당연히 비교문학이라든가 비교종교학이라고 할 수 있지만 자연과학처럼 자연현상을 대상으로 하는 학문에는 국경도 민족성도 없다. 따라서 비교과학론이라는 말은 그 자체로 모순적이다. 과학은 인간세계와는 동떨어진 자연 그 자체를 대상으로 삼기 때문이다.

그러나 자연현상은 매우 심오하고 복잡하기 때문에 결코 자연 전체를 대상으로 삼진 않는다. 자연 속에서 현재 과학의 방법에 맞는 측면만을 뽑아 대상으로 삼는다고 생각할 수도 있다. 이런 관점으로 본다면 비교과학론도 성립할 수 있을 것이다.

데라다 선생은 확실한 후자의 입장을 취했다. "오늘의 과학을 담을 용기는 그리스 시대에 이미 완성되었고 그 이후에는 새로운 것이 전혀 추가되지 않았다." 내용은 점점 변해갔지만 용기, 즉 사고방식은 변하지 않았다는 말이다. 이런 생각에 기초하면 형태물리학이나 종합물리학과 같은 새로운 물리학이 성립할 수 있다. 이것이 진정한 비교과학론이다.

이를 이루기 위해서는 희대의 천재를 기다려야 하겠지

만, 한발 물러나 현재의 과학으로만 봐도 비교과학론은 성립하는 것이 아닐까 한다. 또한 그런 시각으로 오늘날의 과학을 바라봐야 과학 발전에도 도움이 될 것이다.

인공위성이나 원자력 해방에 현혹된 사람들은 구체적인 목적을 가지고 그것을 실현시키는 연구, 즉 경찰청식 연구가 과학의 전부라고 생각하기 쉽다. 그들은 대부분 많은 연구자의 협력을 필요로 하며 거액의 연구비를 제시할 수 있는 대기업 사람들이다. 그러니 "과학이 독창성의 시대를 지나 협력의 시대에 접어들었다"라는 주장도 일견 사실이다.

하지만 역시 시대를 막론하고 아마존식 연구가 없어서는 안 될 것이다. 이 방식이 필요하지 않다고 생각하는 것은 자연을 얕잡아 보기 때문이다. 자연은 우리가 생각하는 것 이상으로 복잡하고 오묘한 세계다. 고정된 목적을 갖지 않고 대자연의 신비를 캐는 방식의 연구가 필요 없어질 일은 영원히 없을 것이다.

1959년 4월

5장

젊은이들에게

『서릿발 연구霜柱の研究』에
대하여

동창 M이 보내준 쥬가쿠엔自由學園 학술총서 제1편을 읽어
보았다. 이 책자에는 서릿발과 천의 보온 역할에 대한 연구
가 실려 있었는데, 저자는 자연과학부라고 되어 있었지만
실은 고등학교 여학생 대여섯 명의 공동연구서였다.

　처음 무심코 네다섯 페이지쯤 읽어보노라니 아무래도
대단한 책인 것 같다는 생각이 들어 천천히 조심스럽게 읽
어 내려갔다. 이 책은 보통 우리가 보는 전문 물리학 논문
과는 접근 방법이 달랐다. 말하자면 아마추어의 연구였다.
그런데 전문 학자도 아닌 학생들이 순수한 호기심을 품고
직관적인 추리를 통해 연구를 척척 해나가는 모습에 나는
적잖이 충격을 받았다. 전부터 물리적 연구 방법이라는 것
은 물리학의 기존 지식과는 별개로, 물리학 관련 지식이 많

지 않아도 훌륭한 연구를 할 수 있다고 생각해왔다. 이 서릿발 연구가 바로 그런 사례였다. 참으로 만천하에 널리 소개하고 싶은 귀한 책자라고 생각한다.

첫 실험에서 저자들은 서릿발의 수분이 공기 중 수증기가 언 것인지 땅속의 물이 얼어서 자라 나온 것인지에 의문을 품고 자라 나오는 서릿발에 표시를 해두었다. 실험 결과 표시한 밑부분이 길어져 서릿발의 수분은 땅속의 물이 얼어서 자라 나온 것임을 확인할 수 있었다. 여기서 놀라운 점은 이미 다 아는 사실이었음에도 저자들이 이를 전혀 개의치 않고 실험을 진행해나갔다는 점이다. 다음 실험은 지표면에서 어느 정도 깊이까지의 물이 서릿발이 되는지를 알아보는 실험이었다. (이 단계는) 다양한 깊이의 깡통을 땅속에 묻고 그 안에 서릿발을 만들어 간단하게 해결되었다. 의문을 제기하는 방법도 좋았고, 실험 방법도 좋았다. 서릿발의 성장 속도와 땅속 수분과의 관계를 조사하는 그다음 실험은 하코네 센고쿠하라箱根仙石原에서 이루어졌다. 섭씨 영하 10도쯤 되는 날씨였을 텐데, 그 추위 속에서 밤샘 작업을 해낸 학생들의 용기에 감탄을 금할 수 없었다. 하지만 젊은 친구들끼리 의외로 어린애마냥 즐거워하며 실험했을지도 모르는 일이다. 그 천진난만하고 순수한 관심은 우리가 높이 사야 할 덕목이다. 훌륭한 연구를 하려면 그런 마음이 가장 중요한 법이다. 온갖 인상을 쓰고 심각한 표정을 지어야만 좋은 연구를 할 수 있다고 생각하는 것은 큰 오산이다.

그다음 실험은 서릿발 성장에 최적의 조건이 무엇인지 알아보는 실험이었다. 학생들은 땅속에 수분이 많아야 하며 기온이 낮아야 하고 땅속 온도는 최대한 높아야 할 거라고 조건을 예측하고 실험을 진행했다. 이 실험은 다소 미진한 점이 보였으나, 그런 것에 별로 신경 쓰지 않고 자유롭게 연구에 몰두하는 저자들의 모습이 꽤 인상 깊었다. 학생들은 다양한 모양의 서릿발을 이리저리 묘사했다. 그중 가장 재미있었던 표현은 약간의 참기름을 축축한 토양에 섞은 다음 그것을 깡통에 채워두니 이튿날 아침 신기한 곰팡이 모양의 서릿발이 만들어졌다고 설명한 대목이다. 나는 이 대목에서 좀더 연구를 계속하면 반드시 재미있는 결과를 얻을 수 있을 것이라고 확신한다. 앞으로도 관련 연구를 계속하는 분이 있다면 이 현상에 대해 자세히 조사해보라고 권하고 싶다. 아마도 위대한 발견의 실마리를 찾을 수 있게 될지 모른다.

무엇이든 예상치 못한 신기한 현상을 만나면 절대 놓치지 않고 물고 늘어지는 정신이 연구 내용을 한층 풍성하게 만들 수 있는 비결이라는 사실을 잊지 말아야 할 것이다.

신기한 현상에 맞닥뜨렸을 때 이 학생들이 보여준 것처럼 떠오르는 생각들을 귀찮아하지 말고 '일단 한번 해보자' 하는 마음가짐으로 실천하는 것이 중요하다. 문득 떠오르는 기발한 생각 같은 것은 바로 행동으로 옮기지 않으면 잊어버리고 만다.

여기까지가 제1기 서릿발 연구의 결과다. 이것만 해도 충분히 발표할 만한 가치가 있었지만 제2기는 더욱 발전된 모습을 보였다.

제2기는 제1기의 연구 결과를 바탕으로 실험실에서 인공 서릿발을 만들기 위한 실험을 진행했다. 이는 실로 진정한 연구자의 모범적인 연구 방식이라고 할 수 있다. 자연의 모든 현상을 인공적으로 만들어보는 것이 제일 좋은 연구 방법이며, 일단 만들어내는 데 성공만 하면 다양한 조건으로 실험을 해볼 수 있기 때문에 문제가 쉽게 풀린다. 한 공학자한테서 들은 이야기다. 철 수도관의 부식 현상을 연구하느라 실험실에서 부식을 일으키는 것이 무척 힘들었지만 그다음부터는 일사천리로 연구가 진행되었다고 한다. 일반적으로 자연 현상을 실험실에서 재현하려 하면 이상하게 잘 안 되는 법이다. 그러니 서릿발을 인공적으로 만든다는 것도 좀처럼 쉬운 일이 아니었을 것이다. 그럼에도 불구하고 이들은 그러한 것에 전혀 개의치 않고 씩씩하게 연구에 매진했다.

이들은 나무 상자 안에 흙을 넣고 그 위에 드라이아이스를 넣은 상자를 올려놓는 방법으로 서릿발을 성공적으로 만들어냈다. 사실 생각보다 너무 쉽게 해내서 놀라웠다. 이 장치가 자연 상태와는 조건이 약간 달라 미흡한 점이 있기는 했지만, 그 장치로도 서릿발의 특성을 알아내기에는 부족함이 없었을 뿐만 아니라 연구자들부터 그런 사실에 전혀 신경 쓰지 않고 장치를 이용하여 중요한 실험들을 척척 해내고 있었다. 이 점이 나에게는 참 인상 깊었다.

우선 서릿발이 흙 말고 다른 곳에서도 만들어질 수 있는지 알아보기 위해 홍각(적색 안료) 가루, 전분 가루, 유리 가루 등에 적당히 물을 뿌리고 서릿발 생성 여부를 살펴보았다. 그 결과 흙이 아닌 이들 가루에서는 서릿발이 만들어지지 않고 가루가 몽땅 얼어버린다는 사실을 알아냈다. 한편 같은 흙이라고 해도 모래와 점토에서는 서릿발이 만들어지지 않고 간토평야의 적토에서만 만들어진다는 사실을 확인하고 이제 연구의 마지막이자 가장 중요한 문제인 적토에서만 서릿발이 생기는 이유를 당당히 연구하기에 이르렀다.

적토의 특성으로는 흡착수*를 들 수 있지만 에도소루빈 アドソルビン**처럼 흡착성이 강한 가루에서 서릿발이 만들어지지 않았기 때문에 흡착수가 원인일 리는 없고, 적토에 함유된 유기물 때문일지도 모른다는 의문을 제기한 뒤 실험을 진행했다. 하지만 그것도 아니라는 결론을 얻었다. 적토를 800도의 고온에서 세 시간 동안 가열해 유기물을 태워 없애고 남은 흙에서 서릿발이 만들어졌던 것이다. 결국 문제는 적토 본연의 성질에 있을 것이라 추측하고 이를 위해 먼저 토양의 물리적 성질에 관해 알아보았다.

토양물리학이라고 하면 대수롭지 않게 생각할 수도 있으나 사실 이것은 복잡한 콜로이드(미세한 입자가 용액 속에서 분산되어 있는 상태)의 문제로 전문 물리학자라고 해도 고개를 저을 정도로 어렵고 복잡한 문제다. 그러나 이들은 아무렇지도 않게 이 문제에 파고들어 토양 입자에 대한 분석을 시작했다. 그리고 적토를 전해질로 분산시키고 침전법을 이용하여 미세한 입자와 굵은 입자를 따로 구분해 그 각각의 입자로 서릿발을 만들어보았다. 연구 결과, 굵은 입자로는 서릿발이 만들어지지 않았으나 미립자에서는 만들

---

* 흙 입자에 붙잡혀 있는 수분.

** 일본에서 판매되는 지사제 이름.

어질 때도 있고, 만들어지지 않을 때도 있다는 사실을 밝혀냈다. 즉 서릿발이 생성되기 위한 필수 조건으로 미립자가 존재해야 한다는 결정적인 결론을 얻어낸 것이다.

그다음 생성 요인으로는 흙 표면에 작은 요철이 있을 때 그 튀어나온 부분에서부터 서리가 얼기 시작하는 경우가 있다. 이 시점에서도 재미있는 실험이 진행되었다. 컵에 물을 가득 넣고 그 위에 여과지를 올려놓고 젖은 여과지 위에 소량의 적토를 뿌려두었더니 흙에서 서릿발이 솟아나온 것이다. 이에 따라 서릿발 생성 여부는 토양 표면의 성질에 의해 결정된다는 결론을 내릴 수 있었다. 이것은 모래 위에 흘린 극소량의 적토에서 서릿발이 만들어지는 현상을 우연히 발견하고 거기에서 착안한 실험이었다. 투철한 실험 정신을 엿볼 수 있는 훌륭한 사례라고 할 수 있다. 한편 전에 실패했던 유리 가루도 더 곱게 갈아 표면에 적당한 요철을 만들어줌으로써 서릿발을 성공적으로 만들어낼 수 있었다.

저자들은 이것으로 실험을 끝마치며 자연 상태에서는 왜 서릿발이 적토에서만 만들어지는가에 대한 진지한 고민으로 연구를 마무리했다.

마지막으로, 서릿발은 일본에서만 나타나는 고유한 현상이라고 알려져 있는데, 외국에서도 생성될 수 있는 지역

서릿발.

이 있는지 알아보았다. 독일에서는 서릿발이 안 생긴다고 해서 베를린의 흙을 가져와 곱게 갈아보았더니 역시나 서릿발이 만들어졌다. '베를린 사람이 생전 한 번도 본 적 없는 서릿발'을 베를린에서 떠온 흙으로 만드는 데 성공한 것이다.

앞서 소개한 바와 같이 이 책을 읽고 나는 매우 놀랐다. 먼저 학생들을 지도한 선생님이 상당히 훌륭한 분이란 생각이 들었다. 그리고 '물리학' 지식이 많지 않을 어린 학생들이 '물리적' 연구를 해도 훌륭하게 성공할 수 있다는 선례를 본 것 같아 기뻤다. 이런 연구가 가능하려면 첫째로 가장 중요한 것이 순수한 호기심이다. 둘째는 극심한 추위의 2월 센고쿠하라에서 밤을 새울 정도의 열정이 있어야 한다. 셋째는 뭔가 머릿속에 떠오르는 것이 있으면 귀찮아하지 말고 바로 시도해볼 수 있을 만큼 근면해야 한다. 넷째는 우연히 발생한 현상을 놓치지 않고 잘 파악하는 것, 즉 항상 열린 눈으로 실험을 하는 태도다. 다섯째는 새로운 분야의 일을 시작할 때 겁을 내지 않는 것이다. 이 연구자들이 토양 분석에 착수했을 때처럼 대수롭지 않게 시작해보는 것이다. 너무 많은 지식과 타산이 끼어들면 오히려 방해가 된다. 여섯째는 그 무엇에도 구애받지 않는, 사실 꽤 어려운 연구이지만 그런 사실조차 개의치 않는 마음가짐이다. 마지막으로 전체적인 연구를 통찰할 수 있는 직관적인 추리도 활용할 수 있어야 한다.

데라다 선생은 언젠가 '탐지할 능력이 없으면 진정한 연구를 할 수가 없다'라는 취지의 글을 쓴 적이 있다. 이는 우리가 늘 마음속에 새겨야 하는 말이다. 서릿발 생성 연구만 봐도 곳곳에서 직관적 추리가 활약하는 걸 볼 수 있다. 이런 직관적 추리는 단순한 지식에서 오는 것이 아니라, 현상에 대한 순수한 관심에서 온다고 막연하게나마 생각했는데, 그런 생각을 실제 사례로 직접 확인할 수 있게 되어 매우 기쁘게 생각한다. 이 서릿발 연구자들이 앞으로도 항상 같은 마음가짐으로 다양한 현상을 대할 수 있다면 좋겠다.

1940년 8월

지구가
둥글다는 것

지구가 둥글다는 말은 흔히 들을 수 있다. 요즘은 초등학생들도 거의 아는 사실이다.

그런데 사실 지구는 완전한 구형이 아니다. 지표면에는 히말라야산맥도 있고 일본 해구도 있으니 정확하게 말하면 지구는 울퉁불퉁하다. 중학생 정도 되면 지구는 높낮이의 차이를 평균하더라도 여전히 완전한 구형은 아니며 남북이 눌린 타원형이라고 말할 것이다.

그리고 이과대학 학생이라면 지구의 모양을 높낮이로 평균해서 본다는 것도 의미가 명확하지 않기 때문에 평균 해수면을 육지까지 연장했다고 가정했을 때 지구의 형태를 말하는 이른바 지오이드geoid를 언급하며, 지구의 모양은 정확한 타원체도 아닌 유사 타원체라고 할 것이다.

나아가 지구물리학자는 이렇게 말할 것이다. "지구의 모양은 이것도 저것도 아니다. 하늘의 색이 하늘색인 것처럼 지구의 모양은 지구형이다."

이렇듯 지구 모양에 대한 정의도 끝이 없다. 결국 지구가 어떤 모양인지는커녕 그 모양이라는 말의 정의조차 일반 사람들은 알 수 없게 되어버린다.

하지만 여러 이야기 중에 초등학생이 알고 있는 것처럼 지구는 완전한 구형이라는 이야기가 가장 진실에 가깝다. 왜냐하면 지구의 모양을 그림으로 그릴 때 컴퍼스를 이용하여 동그랗게 그리기 때문이다. 컴퍼스로 그렸다는 것은 이 원을 그린 선의 두께 범위 내에서 완전한 원형이라는 말이다. 실제로 지구도 이 선의 두께 범위 내에서는 완전한 원형이라고 할 수 있다. 따라서 지구가 둥글다는 말도 잘못된 것은 아니다.

다음과 같은 간단한 계산을 해보면 이 말의 진위가 더명확해진다. 원의 지름이 6센티미터이고 선의 두께가 0.2밀리미터 정도라고 해보자. 이 원을 지구로 보면 지름 1만 3000킬로미터의 지구를 6센티미터로 축소한 그림이 된다. 이 축적률에 의하면 그림에서 선의 두께 0.2밀리미터는 44킬로미터에 해당된다.

그런데 에베레스트산의 높이는 해발 8.9킬로미터이고

가장 깊은 바다인 엠덴 해연Emden Deep의 깊이는 10.8킬로미터이므로[*] 현재까지 알려진 지표면 높낮이의 최대 차는 19.7킬로미터에 불과하다. 즉 그림에서 선 두께의 절반에도 못 미치는 차이다. 지표면에 있는 보통의 산과 바다를 충실히 그려봐도 그것들의 높이와 깊이는 대략 이 선 두께의 10분의 1정도에 불과하며, 따라서 연필심을 아무리 가늘게 만든다고 해도 그릴 수가 없다.

다음은 지구가 어느 정도의 타원형인가 하는 문제인데, 이것도 의외로 그 정도가 미미하다. 지구의 남북 반경은 적도면의 반경보다 약 22킬로미터 짧을 뿐이다. 즉 타원이라고 해도 장반경과 단반경의 차이가 선 두께의 절반 정도밖에 안 나기 때문에 정확하게 타원으로 그린다고 해도 결국에는 이 컴퍼스로 그린 원과 같은 모양이 되어버린다.

이렇다 보니 지구의 모양을 그릴 때는 결국 컴퍼스로 둥근 원을 그릴 수밖에 없다.

즉 초등학생이 알고 있는 사실이 가장 진실에 가까운 것이다. 뭔가 속임수를 쓴 것 같기도 하지만 이 이야기가 성립될 수 있는 비결은 연필로 그린 선에는 두께가 있다는

---

[*] 엠덴 해연은 1951년 독일 군함 엠덴 호에 의해 발견된 필리핀해구의 해연으로 마리아나해구의 비티아즈 해연, 챌린저 해연이 발견되기 전까지 가장 깊은 바다로 알려져 있었다. 깊이는 약 10.54킬로미터로 보고되었다.

점이다.

그림을 그린 선에는 반드시 두께가 있다는 것 정도는 누구나 다 아는 사실이다. 그러나 가장 쉬운 이 사실을 잊어버리는 사람이 의외로 많은 것 같다. 위에서 그린 그림의 선 두께가 44킬로미터에 해당된다고 하면, 현재의 기상학자가 최근 들어 겨우 연구하기 시작한 성층권은 지표에서 겨우 10킬로미터를 넘는 정도에 불과하고, 지각 안은 물론 저 깊은 곳까지는 아직 미지의 세계이기 때문에 결국 현재 우리의 지식수준은 이 선 두께의 절반까지밖에 도달하지 못한 것이 확실하다. 그렇다면 선의 두께도 좀처럼 무시할 수 없는 문제가 된다. 우리의 현재 지식이 겨우 이 정도라는 사실에 놀란 사람이 있다면 그는 분명 연필로 그린 선에 두께가 있다는 사실을 잊은 사람일 것이다.

수학에서 말하는 선은 두께가 없지만, 물리적으로 그은 선에는 반드시 두께가 있다. 어떤 물질의 질량을 측정했을 때 그 질량이 가령 온도나 시간과 어떤 상관관계가 있는지 알아보려면 곡선으로 도표를 그리면 된다. 이것이 가장 일반적이고 알기 쉬운 방법이다. 이때도 곡선은 연필로 그리기 때문에 두께가 있다. 연필심을 아무리 가늘게 깎아도 0.1밀리미터 정도로 가는 선을 그리기는 어려운 것이다. 그러나 그 정도로 가는 곡선을 그렸다 치고, 만약 측정값들이 그 선의 두께 범위 내에 있으면 측정이 매우 정밀하게 이루어졌다고 연구자는 안심할 것이다. 그리고 그 연구 보고를 들은 일반인도 특별히 청개구리 같은 사람만 아니라면 당연히 연구 결과를 더욱 신뢰하게 될 것이다.

이렇게 측정한 값이 정확히 곡선 두께 범위 내에 있으면 정밀하고 정확한 측정이 이루어졌다고 할 수 있다. 그런데 여기서 잘 생각해보면 도표상 곡선의 높이는 대체로 10~20센티미터 정도이기 때문에 모든 측정값이 0.1밀리미터 두께의 곡선 범위 내에 들어가게 하려면 세 자리 숫자가 나오게끔 측정을 하면 되는 것이다. 즉 세 자리 숫자가 나올 정도로 측정했다면 정밀한 측정이 이루어졌다고 할 수 있다.

그런데 측정은 인간이 기계를 사용해서 하는 것이라 그 정확도에 어느 정도 일정한 한계가 있다. 바꿔 말하면 물리학에서 측정값으로 취급하는 수치에는 언제나 오차가 있기 때문에 그 오차 범위에 들어가지 않는 상위의 수치만 물리적으로 의미가 있는 수치다. 그런 수치가 세 자리 정도 되면, 거의 대부분 매우 정밀한 측정이라고 간주한다.

이런 의미가 있는 숫자를 유효숫자라고 하는데, 유효숫자가 세 자리라는 것은 예를 들면 56.2나 7.31과 같은 숫자다. 숫자로 적어보면 세 자리 정도의 숫자는 초등학교 3학년 정도만 돼도 쉽게 계산할 수 있는 간단한 수치다. 그러나 물리학에서는 세 자릿수까지 정확한 수치를 얻었다면 대체로 충분히 정확한 측정이라고 생각해도 무방하다. 그래서 보통 물리적 성질에 대해 그 정도의 정밀도로만 측정해도 유용한 자료가 될 수 있는 것이다.

하지만 세 자릿수라는 기준은 일반적인 사안에 해당되는 것으로 정밀한 물리값 측정에서는 네 자리나 다섯 자릿수도 종종 나온다. 이처럼 의미 있는 숫자를 한 자리 더 늘리는 것은 오차를 10분의 1만큼 줄이는 것이므로 결코 쉬운 일이 아니다. 학생들의 실험 보고서나 독일의 학위논문 등을 보면 여섯 자릿수도 많이 나오지만, 대부분은 나눗셈 과정에서 자릿수가 늘어난 것에 불과하다. 진정한 의미에서 유효숫자가 여섯 자리로 나오도록 측정했다면 이는 실로 경의를 표해야 할 일이다.

지금까지는 측정값의 정확성, 즉 절대값에 관한 이야기를 했지만 상대값으로 넘어오면 이야기가 조금 달라진다. 상대값이라는 것은 측정된 양과 같은 종류의 양을 기준으로 하여 그것들의 비교값을 구한 것이다. 현재 다양한 물리량 중 가장 정밀하게 측정되는 것 중 하나가 분광학에서 연구하는 원소 스펙트럼의 파장이다. 파장 표를 보면 일곱 자리나 되는 숫자가 연달아 나오는데, 현재 이 방면의 실험 기술과 기계의 정밀도는 그 정도의 '유효숫자'를 얻을 수 있을 만큼 진보되었다고 할 수 있다. 그러나 이 숫자는 카드뮴 원소가 특정 발광 조건에서 내뿜는 빛의 파장을 기준으로 하여 비교 값을 제시한 것이다. 그래서 진짜 파장의 길이를 알려면 기준 파장의 길이를 미터원기*와 비교하여 정확하게 측정해야 한다. 이에 세계 각국의 유명한 학자들은 매우 엄격한 실험을 통해 기준 파장의 길이를 측정했다. 그 결과 현재 국제적으로 공식 인정된 파장의 길이는 6438.4696옹스트롬이다(1옹스트롬A은 10억 분의 1밀리미터다). 그 후 와타나베渡辺 박사가 더욱 정밀하게 측정한 실험에서는 파장의 길이가 6438.4682옹스트롬으로 측정되었고 영국에서는 6438.4708옹스트롬으로 측정되었다. 여덟 자리 수치가 나왔지만, 처음 여섯 자리는 완전하게 일치한다(그리고 일곱 번째 자릿수를 반올림하면 여섯 자리의 모든 수가 일치한다).

이 측정이 현대 물리학에서 도달할 수 있는 정확도의 최고 표준이기 때문에 여섯 자리 유효숫자라는 것은 그만큼 대단한 것이다.

그 외에 삼각 측량에서 기선 길이를 잴 때도 유효숫자

* 미터법에 의하여 1미터의 길이를 나타내도록 만들어진 자.

여섯 자리를 기준으로 측정한다. 토지 측량은 삼각법을 이용하여 측정한 각도만으로 짜 맞춰가는 것이기 때문에 기본이 되는 길이, 즉 기선을 정밀하게 측정해두어야 한다. 기선의 길이는 보통 4킬로미터나 5킬로미터 정도 되는데, 여섯 자릿수라면 센티미터에 해당되는 길이다. 즉 4~5킬로미터 정도의 거리를 밀리미터 단위까지 측정하고 반올림하여 겨우 여섯 자리의 유효숫자를 얻는 것이다. 단순히 길이를 재는 간단한 측정이라도 여섯 자리의 유효숫자가 최대한의 정밀 수치임을 알 수 있다.

이처럼 여섯 자릿수가 최대한의 정밀 값인데, 실제로 미터원기를 이용한 카드뮴 선의 파장 측정에서는 여덟 자리 숫자까지도 거론된다. 그 숫자는 사실 국제 조약에서 정한 수치, 즉 국제단위를 말한다. 이 국제단위의 마지막 한두 자리는 물리적 의미가 없지만 국제간 조약에서 이런 식으로 정해놓은 것이라 아무 문제는 없다. 이런 종류의 국제단위는 흔히 볼 수 있지만, 일반인 중에는 물리적 상수를 조약으로 정한다는 얘기를 처음 들어보는 사람도 있을 테니 약간의 추가 설명을 해보려 한다. 이와 같은 국제단위는 전기 분야 및 다른 쪽에서도 많이 사용되며, 특히 네 자리 수치밖에 산출하지 못했던 시대에는 전기 분야에서 0을 뒤에 두 개 붙여 만든 여섯 자릿수를 조약으로 정해 사용했다. 그리고 기선 측량 쪽에서는 여덟 자리, 즉 밀리미터의 10분의 1까지 산출하고 있지만, 이는 참고 수치라고 할 수 있다.

다시 지구의 모양 이야기로 돌아오면 세 자릿수 정도의 정밀도에서 지구 모양은 컴퍼스로 그린 원형이 된다. 이때 여섯 자릿수까지 정밀도를 높인다는 것은 정밀도를 1000배로 높이는 것, 즉 앞서 언급한 그림에서 선 두께를 0.2밀리미터에서 20센티미터로 확대하는 것이다. 그러면 산과 바다의 높낮이와 타원율은 물론, 타원의 편차까지도 모두 나타낼 수 있다. 실제로 측지학 분야는 그 정도의 정밀 측정을 할 수 있을 만큼 기술이 발전했다. 측지학에서 사용되는 다양한 방법 중 가장 정밀하게 지구 모양을 알 수 있는 방법은 지표에서 중력 분포를 측정하여 계산하는 방법이다. 지구의 모양을 중력 분포로 알아본다는 것이 다소 번거로울 수도 있지만 중력은 매우 정밀하게 측정할 수 있기 때문에 정확한 조사가 가능하다. 예를 들어 도쿄의 중력 값은 979.805로 여섯 자리까지 측정값을 얻을 수 있다. 마지막 숫자는 조금 확실하지 않을 수도 있지만 제일 높은 자리가 9이기 때문에 여섯 자릿수의 정밀한 수치라고 할 수 있다.

이처럼 중력에 대해서도 매우 정밀한 측정값을 얻을 수

있어 좋기는 하지만 특수 진자의 주기를 측정하는 방식이기 때문에 지상에서의 측정은 둘째 치고 해상에서 어떻게 측정해야 할지가 난감하다.

게다가 진자의 진동을 무려 여섯 자릿수의 정밀도로 측정해야 하기 때문에 매우 안정적인 토대가 필요하다. 진자의 진동을 흔들리는 배 안에서 측정한다는 것은 일단 불가능하다. 그래서 바닷속으로 들어가면 흔들림이 거의 없다는 점을 이용해 잠수함 안에서 측정하는 방법이 고안되었다. 그리고 실제로 이 방법을 이용해 세계 각지의 바다에서 측정이 이루어졌다.

그러나 잠수함에서 작업한다는 것은 매우 고된 일이라 그야말로 대단한 인내심이 필요하다. 하물며 잠수 상태에서 전에 말한 것처럼 극도의 정밀성을 요하는 측정을 한다는 것은 간단한 일이 아니다. 그래서 이 방법으로 전 세계의 7대 해역을 샅샅이 조사한다는 건 일단 불가능해 보인다.

그런데 인간의 능력도 실로 대단해서 최근 흔들리는 배 안에서도 마치 콘크리트 받침대 위에서처럼 중력을 정밀하게 측정해낼 수 있는 장치가 발명됐다. 쓰보이 츄지坪井忠二 박사가 고안한 이 장치는 배의 복잡한 동요를 자세히 분석하여 그 각 요소의 영향을 받지 않는 진자 구조를 연구한 것이다. 이것을 이용하면 호화 선박에 카페를 하나 차려놓고 그 안에서 시가를 피워가며 여유로운 측정을 할 수도 있기 때문에 그동안 산소가 부족한 환경에서 힘들게 연구한 시간을 위로받을 수 있는 낙이 생긴 것이라 할 수 있다. 이 발명은 어려운 환경에 굴하지 않고 불굴의 정신력을 발휘하는 헝그리 정신과는 맞지 않지만 정밀한 수치를 손쉽게 얻을 수 있다는 점에서는 뛰어난 발명품이다.

그런데 이렇게 힘들게 고생해서 중력을 정밀하게 측정하는 것이 도대체 무엇에 도움이 되는지 독자들은 궁금할 것이다. 그 대답으로 한 분야를 예로 들자면 지각의 구조, 나아가 지진과 밀접한 관계가 있다고 말할 수 있다. 중력을 이 정도로 정밀하게 측정하면 지구의 정확한 형태는 물론 국소적으로 지각 내에 질량이 평균치보다 과도하게 높거나 낮은 부분을 알아낼 수 있다. 낮은 질량은 지진과 연관되기 때문에 이 연구는 일종의 땅속 '동굴' 조사라고도 할 수 있다. 그래서 이와 같은 연구도 절대 가볍게 볼 수 있는 게 아니다.

이 글을 쓰다 재미있는 생각이 하나 떠올랐다. 물리적 성질은 대부분 세 자릿수 정도의 정밀도로만 알아도 충분하다는 것과, 인간의 능력으로 측정할 수 있는 최고의 정밀 수치는 여섯 자리라는 것 말이다.

즉 관측의 정밀도에 있어서 세 자릿수와 여섯 자릿수

에 어떤 의미가 있지 않을까 하는 생각이 든다. 하지만 여섯 자릿수에 대해 부정적인 견해를 피력하는 사람도 있고 10^{-6}이 포괄적 의미에서 물리적 항수라는 이론을 내놓는 사람도 있다. 또한 평소에 접하는 물리적 성질의 측정치가 세 자릿수 정도라고 하는 것은 근거 없는 이야기이긴 하지만 그 정도만 알아도 물리적으로 생활할 수 있는 것을 보면 의미가 있을 것 같아 보인다.

1940년 1월

나의 이력서

이력서를 보면 그 사람의 이력을 한눈에 알 수 있다. 하지만 이력서상에 기재되어 있는 게 그 사람의 진정한 이력을 말해주는 것은 결코 아니다. 적어도 나는 물리학과를 나온 건 맞지만 지금 생각해보면 처음부터 그 분야를 목표했던 게 아니라 여러 운이 맞아떨어지며 물리학자가 된 것 같다. 내가 걸어온 길을 이력서상에서 보면 평범하기 짝이 없지만 그런 과정에도 많은 우여곡절이 있었다. 다만 결과적으로 보자면 지금까지 매우 운이 좋았다고 생각한다. 가끔 힘든 일도 있었지만 돌이켜보면 오히려 전화위복이 된 일도 많았다.

가장 감사하게 여기는 것은 지지리 가난한 집도 아니고 어마어마한 부잣집도 아닌 평범한 집안에서 태어났다는 점이다. 중학교에도 못 갈 만큼 집안 형편이 어려운 것도 곤란하지만, 집이 부유하다고 해서 행복한 것도 아니다. 조금 버겁더라도 대학까지 입학할 수 있게끔 뒷받침해줄 수 있는 정도의 집안이 가장 행복하다고 할 수 있는데, 내가 바로 그런 환경에서 태어났다.

호쿠리쿠北陸의 외진 시골에서 자란 것도 매우 뜻깊은 경험이었다고 생각한다. 일본은 도농 간의 생활수준 차이가 심하다. 이는 예전부터 농촌 사람들을 희생시켜 도시 사람을 편하게 하는 정책을 펴온 일본의 나쁜 정치 때문이다.

도로를 봐도, 집을 봐도, 행인들의 복장을 봐도 시골과 도시는 엄청난 차이가 있다. 긴자의 거리는 항상 사람들로 북적인다. 거기서 누구를 보더라도 근사한 양복 차림에 가죽 구두를 신고 있으며 커피숍을 들어가거나 한가하게 쇼윈도를 구경한다. 하지만 시골 사람들은 평생 그런 이들의 삶은 알지도 못한 채 살아간다. 그런데 그런 도시인들이 먹는 식량은 시골 농가에서 생산하고 있으니 아이러니한 일이 아닐 수 없다. 그러나 대도시, 특히 부잣집에서 태어난 아이는 이런 사실을 알 리가 없다. 커서 책으로 지식을 얻을 수 있을지는 모르지만 진짜 시골 생활에 대해서는 모를 수밖에 없다. 일본의 진짜 모습을 알기 위해서는 시골에서 태어나 자랄 필요가 있다. 그런 의미에서 나는 매우 운 좋게도 어린 시절을 시골에서 보냈다.

우리 집은 시골 온천 지역에서 포목점을 운영했는데, 아버지는 중년에 접어들어 구타니야키九谷燒*에 빠져 마당에 가마를 직접 만들고 구타니야키를 굽는 데만 열중하셨다. 그리고 나를 구타니 도공으로 만들려고까지 생각하셨다. 그래서 나는 초등학교를 졸업하면 근처에 있는 K 시 공업학교 요업학과에 들어가기로 마음먹고 있었다. 중학교 진학을 희망하고는 있었지만, 어릴 적부터 손으로 만드는 걸 좋아했기 때문에 구타니 도공이 되는 것도 그리 나쁘진 않을 것 같았다.

만약 아버지가 그때 돌아가시지 않았더라면 지금쯤 나는 구타니의 명공이 되어 있거나 아니면 도자기 가게 주인이 되어 있을지도 모르겠다. 그런데 초등학교를 졸업하고 일주일도 지나지 않아 아버지가 병환으로 돌아가셨다. 그래서 갑자기 공업학교는 그만두고 인근 중학교 입학시험을 보게 되었다. 아버지도 돌아가셨는데 진학을 포기하고 집안일을 이어받는 게 좋지 않겠냐는 이야기도 있었지만 그래도 시험은 한번 쳐보았다. 그런데 뜻밖에 성적이 잘 나와 중학교에 진학할 수 있게 되었다. 그리고 기숙사에 들어갔다. 5년간의 기숙사 생활에서 가장 기억에 남는 거라곤

* 일본 이시카와현 구타니九谷 지역의 전통 사기그릇으로, 잔 무늬와 황금빛 채색이 특징이다.

음식이 지독히 맛없었다는 것뿐이다. 그 5년간 체중도 평균 이하로 준 덕에 패전 후의 극심한 식량난에도 무리 없이 버틸 수 있었다.

서투른 물리학자가 되는 것과 구타니 명공이 되는 것 중 어느 쪽이 더 나았을진 알 수 없지만 어쨌든 내가 물리학자가 될 수 있었던 가장 큰 이유는 아버지가 일찍 돌아가셨기 때문이다. 또 아무래도 공업학교 요업학과를 나왔다면 대학 물리학과 입학을 꿈꾸는 일은 없었을 것이다.

중학교를 무사히 졸업하자, 그 무렵 혼자서 가게를 운영하시던 어머니가 이런 장사는 앞으로 희망이 없어 보이니 대학까지 진학해서 계속 공부를 하는 것이 좋겠다고 말씀하셨다. 중소기업의 몰락을 그때부터 예견한 어머니가 참 대단해 보였다. 농담이 아니라 그 이후에도 종종 어머니의 예견이 정확히 들어맞아 깜짝 놀라는 일이 많았다.

고등학교 입학시험은 7월에 있었다. 그래서 3월 말에 중학교를 졸업하고 가게 일을 좀 도와드리면서 시험 준비를 시작했다. 준비라고 해봤자 지금처럼 다양한 참고서 같은 것이 있던 시절이 아니었으므로 당시 양서로 평가받던 『사고방식考え方』이나 『쓰레즈레구사徒然草』*의 주석서를 사

---

* 요시다 겐코吉田兼好의 수상록으로 인생관, 미의식 등을 즉흥적으로 써 내려 간 작품. 일본 중세의 대표 수필로 꼽힌다.

서 읽는 정도였다. 그리고 보기 좋게 시험에 떨어졌다.

자랑할 만한 이야기는 아니지만, 시험에 떨어졌다고 해서 인생에서 손해를 본 건 아니었다. 낙방한 처지를 매우 비관하기도 했지만, 1년 동안의 백수 생활에서 얻은 값진 경험이 인생에 참 많은 도움이 되었다고 생각한다. 자존심 때문에 이렇게 말하는 게 아니라 요새 들어 점점 더 그런 생각이 든다.

사실 대학을 졸업하고 이화학연구소에 남아 데라다 선생을 도와드리던 시절 댁에 놀러 갔다 시험에서 낙방한 이야기를 꺼낸 적이 있다. 그분은 내 말을 듣곤 의외로 칭찬을 해주셨다. "그래, 좋은 경험을 했군. 낙방한 적이 없는 사람은 낙방의 가치를 모르는 법이야." 그러곤 말씀하셨다. "나도 낙방한 경험이 있네. 중학교 입학시험에 떨어졌는데, 사실 좋은 경험이 됐지. 나쓰메 소세키 선생도 아마 초등학교 입학시험에서 한 번 떨어졌을 걸세. 세상사라는 게 바닷속과 같이 깊어 무엇이 진정으로 인생에 도움이 될지는 알 수 없는 일이야." 그 말을 듣고 한결 마음이 가벼워졌다.

시험에 낙방하는 게 권장할 만한 일은 아니다. 다 낙방해버리면 학교에서는 입학생이 없어 곤란할 것이고 요즘처럼 가정 내 경제적 사정이 좋지 않은 때에는 낙방하지 않고 빨리 졸업하는 것이 부모를 위하는 길이다. 그래서 절대 시험에 떨어져보라고는 추천하지 않는다. 그러나 낙방했다고 해서 자포자기하거나 그것을 인생의 실패로 여길 일은 결코 아니다. 내가 낙방한 경험이 있기 때문에 자신 있게 말할 수 있다.

이듬해에 치를 입학시험을 위해 반년 정도 지나 도쿄에 있는 입시학원에 다니게 되었다. 그곳에서는 합격 비결을 자세히 가르치고 있었다. 시골에서 중학교를 나온 사람은 입시에서 떨어질 수밖에 없는 현실이었다. 도시와 시골은 교육 환경에 있어서도 엄청난 차이가 났다.

입시학원은 모 사립대학에 자리 잡고 있어서 사립대학 학생들이 어떻게 생활하는지 엿볼 수 있었다. 연설 대회가 열리는 것을 잠깐 지켜보니 더벅머리를 한 학생이 일본 전통 예복을 입고 학벌 타파나 기회균등을 주제로 우러차게 열변을 토하고 있었다. 이 사립대학은 인지도도 낮았고 다소 열악한 조건에 있었기 때문에 이런 열변의 이면에는 어두운 비관의 그림자가 있었다. 국제사회에 강국과 약국이 있는 것처럼 한 나라 안에도 상위 계층과 하위 계층이 눈에 보이지 않게 나뉘어 차별받고 있음을 알게 되었다. 고등문관시험 제도가 전성기를 누리던 시대의 이야기다. 입시학원에 다니면서 많은 것을 얻을 수 있는 값진 시간이었다.

고등학교 시험에는 무사히 합격했다. 학원에 다닌 것이 매우 도움이 되었다. 들어간 곳은 가나자와金沢에 있던 제4 고등학교였는데, 당시 이 학교는 유도, 검도 및 활쏘기에서 눈부신 활약을 하고 있었다. 매년 교토에서 열리는 전국 고등학생 체육대회에서 3관왕을 차지한 해도 있었다. 하지만 야구나 테니스 같은 서구 스포츠에서는 성적이 저조했다.

나는 입학하자마자 궁술부에 들어가 3년간 단체 생활을 했다. 3학년이 되던 해엔 주장이 되면서 더욱 비장한 각오로 임할 수밖에 없었다. 그 당시 우리 학교는 전국 대회에서 지면 주장이 머리를 삭발하고 학교에 나오는 풍습이 있었다. 개중에는 일부러 낙제점을 받고 졸업을 1년 뒤로 미뤄서 재도전을 다짐하는 학생도 있었는데 장난이 아니라 진심으로 원해서 그렇게 하는 분위기였다.

지금 생각해보면 꿈만 같은 이야기다. 좋고 나쁘고의 문제를 떠나서 이런 비합리적인 생각이 용인된 큰 이유는 일본이 국력에 충실했기 때문일 것이다. 그런 분위기에서 배우고 자란 학생들이 국가조직을 운영하고 있었기 때문에 국력에 충실했다고는 쉽게 말할 수 없지만, 그래도 어느 정도는 영향을 받았다고 생각한다.

이런 분위기 속에서 이른바 공부벌레는 친구들 사이에

서 빈정거림의 대상이었다. 성적이 잘 나오면 창피한 기분마저 들었다. 학과목과 아무 상관없는 문학이나 철학 책을 탐독하는 것이 크게 유행한 것도 당연한 추세였다. 나도 그 유행에 동조하여 알지도 못하는 철학서를 읽으며 으스대던 기억이 난다. 칸트의『순수 이성 비판』영역본을 도서관에서 빌려 와 책상에 보란 듯이 올려놓기도 했다. 물론 내용은 하나도 모른다. 그 시절 매년 여름 방학이 되면 신슈信州* 기자키호木崎湖에서 여름 학기가 열렸다. 지금도 계속 열리고 있다고 하는데, 어찌됐건 그 시절엔 기자키호 여름 학기라고 하면 젊은 학생들 사이에서 굉장히 인기가 많았다. 나도 여름방학 전부터 용돈을 아껴서 기자키호 강의 중 도모나가 산쥬로朝永三十郎 선생의 칸트 강의를 청강하러 간 적이 있다. 지금의 나에게 많은 도움이 된 최고의 명강의였다.

고등학교 3학년이 되면 선택과목을 정하여 듣게 된다. 공과나 수학, 물리 분야의 진로를 희망하는 학생은 역학과 제도학을 선택하고, 의학이나 생물학 쪽으로 진로를 희망하는 학생은 현미경 실습과 해부를 선택하게 되어 있었다. 철학을 숭배하는 이들에게 역학, 특히 제도학은 가장 경시되는 과목이었다. 그래서 나는 역학과 제도학을 포기하고

* 지금의 나가노현.

현미경 실습과 해부 쪽을 선택했다. 대학에 가면 동물학을 전공하면서 생물학과 철학의 경계를 연구할 생각이었다. 현미경을 이용하면 다양한 것을 관찰할 수 있는데, 치석에 있는 벌레를 봤을 때의 충격과 솔잎의 단면을 들여다봤을 때의 아름다움은 평생 잊지 못할 것이다. 자연에 대한 연구는 먼저 자연을 보는 데서부터 시작되어야 한다는 게 내 신조다. 아마도 이런 생각은 고등학교 시절 현미경 실습 시간에 받았던 충격과 경이로움에서 비롯된 것인지도 모른다. 물론 데라다 선생의 학풍을 이어받아 그런 생각이 더욱 깊어지긴 했지만 말이다.

해부 수업도 매우 재미있었다. 개량조개나 개구리를 한 마리씩 받아 해부하고 열심히 해부도를 작성했다. 마지막 수업 시간에는 개를 해부했다. 실습은 당연히 학급당 한 마리로만 진행되었다. 방과 후에는 궁도장에 가서 저녁까지 있다가 집에 돌아와서는 진화론 관련 책을 밤늦게까지 읽었다. 그때 이미 훌륭한 생물학자가 된 기분에 젖어 있었다. 그런데 그해 말쯤 다나베 하지메田辺元의 『최신 자연과학最近の自然科學』을 접한 후로 물리학에 심취하기 시작했다. 아인슈타인의 상대성이론이 일본에서도 널리 알려지고 이시하라 쥰石原純의 이름이 언론에서 거론되기 시작하던 무렵이었다.

상대성이론을 기초로 한 새로운 물리학은 몹시 매력적이었다. 잠깐 들여다봤을 뿐인데 완전히 매료돼버렸다. 당시 나에게는 구름 사이를 비집고 나온 한 줄기 빛과도 같았다. 내 앞날에 왠지 희망의 빛줄기가 되어줄 것만 같단 생각에 잘 모르는 물리학 서적을 닥치는 대로 읽었다. 그러는 사이 생물학은 까맣게 잊어버리고 말았다.

졸업을 앞두고 드디어 대학교에 원서를 내게 되었다. 동물학과를 포기하고 물리학과를 지망하면 역학 시험을 봐야 했기 때문에 조금 망설여졌다. 이렇게 될 줄 알았더라면 역학을 공부해두었을 것을, 이제 와서 후회해도 어쩔 수 없는 일이었다. 하지만 역학을 단기간에 독학하기로 마음먹고 물리학과에 지원서를 냈다. 당시에는 역학 교과서가 비싸서 하는 수 없이 도서관에서 빌려 와 2주 만에 다 읽고 반납해야 했다. 완전히 벼락치기 입시 준비였다.

그래도 어찌해서 도쿄대학 물리학과에 입학할 수 있었다. 갈팡질팡하긴 했지만 이로써 내 평생 직업이 정해지는 듯했다.

그런데 막상 대학교에 입학해서는 처음 지망했던 이론물리학에서 실험물리학으로 전공을 바꾸게 되었다. 2학년 때 데라다 선생 밑에서 실험 지도를 받은 영향이 컸다. 지금 생각해보면 이것도 매우 운이 좋았던 것 같다. 실험물리학이 내 적성에 맞았기 때문이다. 이론물리학은 머리가 무척 좋아야 해서 나와는 맞지 않았다. 그렇게 한때 이론물리학에 정신없이 빠져 지냈던 것도 다 젊은 시절의 호기(혈기)였음을 알게 되었다.

그러고 보니 내 전공을 최종적으로 실험물리학으로 정할 때까지 한참을 돌아온 것 같다. 그렇게 멀리 돌아오는 길목에서 그때마다 원했던 방향으로 열심히 매진하고자 했다. 나중에 보니 딴 길로 샌 격이지만, 그래도 이렇게 멀리 돌아오지 않고 곧장 직진해서 올 수 있었다면 더 좋았을 것이란 생각은 절대 하지 않는다. 중간에 어슬렁거리거나 딴짓하는 과정도 훗날 생각해보면 다 도움이 된다.

진로가 빨리 결정되고 그 방향으로 일이 순조롭게 진행되는 경우는 흔하지 않다. 그래서 그때마다 젊은 시절의 호기라도 좋으니 자신이 원하는 분야에 빠져보는 것도 괜찮다. 그것이 여러 번 바뀐대도 상관없다. 그때마다 최선을 다했다면 분명 남는 것이 있을 것이다. 다만 이해타산적인 생각으로 재고 따져서 행동하진 말라고 이야기해주고 싶다.

1951년 8월

이구아노돈의 노래

—어른을 위한 동화

카인의 후예의 땅

제2차 세계대전이 끝난 1945년의 홋카이도는 십몇 년 만에 찾아온 냉해 때문에 쌀 생산율이 50~60퍼센트까지 떨어졌다. 안 그래도 풍작일 때조차 쌀이 모자라는 판에 그해 겨울은 더욱 극심한 식량난에 시달리게 됐다.

게다가 그해에는 예년에 볼 수 없었던 폭설이 내렸다. 매일같이 어두운 하늘에서는 하염없이 눈송이가 내려와 사람들의 생활고를 더욱 짓눌렀다. 이 눈에 묻힌 침울한 나날이 가고 어서 빨리 봄이 오기만을 참고 기다릴 수밖에 없었다.

우리 가족은 요테이산羊蹄山 자락에 있는 피난처에서 그해 겨울을 났다. 이곳은 아리시마 다케오有島武郎의 소설

요테이산.

『카인의 후예カインの末裔』의 배경이 된 장소로, 홋카이도에서도 눈보라가 유독 매섭게 몰아치는 곳이다. "몰아치는 눈 때문에 꺾인 마른 나뭇가지가 마치 창처럼 덮쳐 왔다. 거세게 몰아치는 바람에 휩쓸리는 나무는 마녀의 머리칼처럼 마구 헝클어져 있다." 다케오가 이곳의 경치를 묘사한 유명한 대목이다. 눈보라가 칠 때의 그 황량한 경치는 지금도 변함이 없다. 그리고 이 무시무시한 위력을 지닌 자연 앞에 한낱 미물에 불과한 인간의 모습도 예나 지금이나 같다.

제2차 세계대전이 끝난 1945년의 겨울은 자연의 맹렬한 기세에 극심한 식량난까지 겹쳐 최악의 고비를 겪어야 했다. 눈에 보이는 땅은 샅샅이 눈으로 뒤덮여 있었다. 눈보라 치는 날에는 눈조차 하얗기보다 죽은 듯한 잿빛이었다. 잎이 떨어진 활엽수는 물론 눈 덮인 침엽수에서도 녹색은 전혀 찾아볼 수 없었다. 녹색이라곤 한 점도 없는 세상, 모든 세상이 잿빛으로 덮인 세상에서는 식량난의 불안이 더욱 엄습해 왔다. 사람들은 어서 빨리 봄이 와 눈도 녹고 두릅이든 뭐든 파란 싹이 나오기를 간절히 바라며 힘없이 한숨을 내뱉었다.

홋카이도의 긴 겨울방학을 나는 가족들과 이 피난처에서 보냈다. 피난처에는 아이들이 갖고 놀 만한 것도 읽을

만한 책도 변변치 않았다. 특히 세찬 눈보라가 연일 계속되는 날에는 아이들이 옛날이야기를 들려달라고 졸랐다. 난로에 불을 지피고 그 주위에 모두 둘러 앉았다. 다행히 장작은 많았다. 활활 타오르는 장작 소리가 밖에서 불어대는 거센 바람 소리를 간신히 잠재우며 근근이 살아가는 밤이 연일 계속되었다. 전등 불빛마저 침침했다. 세찬 바람 소리에 둘러싸여 세상은 우울하고 적막했다.

잃어버린 세계

아이들은 이미 우라시마 다로浦島太郎*와 같은 옛날이야기를 들을 만한 나이는 지났기 때문에 옛날이야기라고 하면 딱히 들려줄 만한 것이 없었다. 게다가 피난처에는 책도 없어서 무슨 이야기를 들려줘야 할지 막막했다. 그런데 어떻게 된 일인지 짐을 정리하는데 책 한 권이 나왔다. 아서 코난 도일의 『잃어버린 세계』였다.

이 책은 20년 전쯤 런던에서 만난 디커 박사가 주고 간

---

* 일본 전설의 주인공으로, 거북을 살려준 덕으로 용궁에 가서 호화롭게 지내다 돌아와 보니 세월이 한참 흘러 아는 사람이 모두 죽고, 모르는 사람만 남았다고 전해진다.

책이다. 디커는 네덜란드 출신의 이론물리학자였는데, 이 화학연구소에서 잠시 같이 근무했던 적이 있어 그 후로도 친하게 지냈다. 런던 학회에서 만났을 때 호텔 로비에서 다 읽고 난 이 책을 나에게 건네주고 갔다. 그때 이 책을 굉장히 재미있게 읽었던 기억이 난다. 그 후로 까마득히 잊고 지낸 책을 20년이 지난 지금 홋카이도 피난처에서 우연히 발견한 것이다.

이 책이 발견되어 참 다행이었다. 남미 아마존의 비경, 인간 세상과 완전히 격리된 '잃어버린 세계'에는 쥐라기 시대부터 살아온 거대한 파충류가 서식한다. 그 비밀을 파헤치고자 영국의 과학자들이 과감히 비밀스러운 세계에 발을 들여놓게 된다. 이 '탐험기'야말로 카인의 후예의 땅에서 연일 밤 눈보라에 갇혀 지내는 아이들에게 가장 좋은 이야기 선물이 될 것이었다.

"이 책은 챌린저라는 영국인 교수가 남미 아마존강 상류에 있는 인간이 한 번도 가보지 않은 비밀의 세계로 탐험을 떠나 쓴 보고서야. 고대의 무시무시한 공룡이나 괴수가 그곳에는 정말로 살고 있단다. 잡지에서도 한 번 본 적이 있지? 디노사우르 중에는 집 세 채만 한 거대한 녀석도 있단다. 이구아노돈이라는 공룡도 있어. 1억 년 전 쥐라기 시대에는 그런 공룡이 많이 살았다는 거 잘 알지? 화석으로 남아 있잖아. 그런데 그런 고대 생물이 아마존강 상류에는 아직도 생존해 있대. 어때? 오늘 밤부터 이 책을 한번 읽어볼까?" 내 말에 아이들은 좋아서 환호성을 질렀다.

초등학교에 다니던 막내아들은 그 얘기만으로도 흥분하기 시작했다. 반짝이는 눈으로 "진짜? 진짜?" 물으며 내 얼굴을 들여다보았다. 물론 소설이기 때문에 사진이나 그림 같은 것은 없었다. 다행히 비경에 이르는 길을 그린 지도 그림이 한 장 붙어 있어 그것을 이용해 설명해주기로 했다. "이게 절벽이야. 낮은 곳은 300미터 정도고 높은 곳은 900미터나 된단다. 수직으로 깎아지를 듯한 암벽이 사방으로 둘러싸여 있어서 여기 절벽 위는 외부 세계와 완전히 단절된 곳이야. 그래서 이런 곳에 고대 생물이 생존해 있다는 사실은 아무도 알지 못했지. 무엇보다 이 절벽까지 가는 것부터가 너무 힘든 일이었어. 여기가 아마존강 상류 지역인데 평범한 배로는 들어갈 수가 없거든. 작은 쪽배를 타고 물줄기를 거슬러 올라가면 지금까지 아무도 가본 적 없는 곳이 나온단다. 하지만 근처까지는 아직 식인종이 살고 있어. 길도 하나 없는 무서운 밀림 속에서 목을 자르는 의식을 거행하는 북소리가 희미하게 들려오곤 했지. 그런데 여기부터는 통나무배로도 들어갈 수 없을 만큼 통로가 좁아서 짐을 모두 짊어지고 걸어 들어가야 했단다. 이제 식인종도 없고 사람은 전혀 살지 않는 신비의 세계가 펼쳐져. 자, 여기에 표시되어 있지? 여기서 처음으로 날개 달린 공룡인 익룡을 보게 된 거야. 크기가 한 전투기만 할까?"

여기까지 읽어주었는데 아이들은 벌써 이야기에 완전히 빠져 있었다. 여전히 눈을 반짝이며 꼼짝도 하지 않았다. 둘째 딸도 "우와 진짜야? 이런 책이 다 있었구나"라고 말했다. 하지만 중학교에 다니던 첫째 딸은 인정하지 않았다. 영어도 모르면서 당돌하게 말했다. "이건 소설책이잖아."

과학의 놀라운 발전 덕분에 인간은 이제 지구상에 존재하는 모든 것에 대해 모르는 것이 없다고 생각하게 되었다. 하지만 아직 무엇이 숨겨져 있는지는 알려지지 않았다. 잃어버린 세계의 공룡은 생존 가능성이 거의 없지만 이와 유사한 사건이 현대에 와서도 한 번씩 실제로 일어난다. 조금 지난 이야기이지만 남미 해안에 크기는 소만 한데 다리가 여섯 개나 달린 괴물의 사체가 표류해 온 적이 있다. 거의 부패한 상태여서 자세한 기록은 남아 있지 않지만, 그런 괴물이 여전히 신비로운 대양 어딘가에서 서식하고 있을지도 모르는 일이다. 그리고 그럴 가능성에 열린 마음을 갖는 것이야말로 진정한 과학자의 태도다.

1억 년 전의 괴물고기

토르 헤위에르달이 쓴 『콘티키 호 표류기コンティキ号漂流記, The Kon-Tiki Expedition』는 참 재미있는 책이다. 한 젊은 탐험가가 남미에서 타히티섬 근처까지 고대 잉카제국의 주민들이 쓰던 것과 똑같은 뗏목을 만들어 항해하며 남태평양 한가운데서 신기하고 다양한 생물체를 만나게 되는 이야기다.

현대의 문명인은 크고 튼튼한 기선을 만들어, 즉 과학의 거대한 힘을 이용해 칠대양을 샅샅이 조사하고 있지만 가장 중요한 사실을 놓치고 있다. 바로 그렇게 대단한 기선은 선체도 크고 스크루 소리도 크다는 것. 그래서 현대의 탐험선에서는 발견하지 못한 괴이한 생물체를 한낱 뗏목 항해에서 발견할 수 있었던 것이다. 해수면에 가장 가까운 위치에서 가만히 앉아 두 달 이상 조류와 바람에만 의지하면서 광대한 태평양 한가운데를 떠다녀본 사람은 그밖에 없을 것이다. 그런 사람의 눈에만 나타나는 괴이한 생물체가 있다고 해도 이상한 일은 아니다. 이 탐험을 시도한 사람은 젊은 고고학자로서 소설가는 아니다. 게다가 이 모험은 제2차 세계대전 후 이루어진 최근의 일이다.

바다는 어마어마하게 넓고 배가 다니는 곳은 바다의 극

히 일부분에 불과하다. 게다가 우리의 지식은 해수면에서 아주 가까운 수중에 국한되어 있다. 심해 탐사라고 해봤자 인간이 조사할 수 있는 범위는 바다의 전체 면적과는 비교도 할 수 없을 만큼 좁다. 저 깊은 바닷속에 무엇이 살고 있는지 인간은 상상할 수도 없다. 그 좋은 예로 지난해 남아프리카 해저에서 적어도 5000만 년 이상, 아마도 1억 년 전에 살았다고 알려진 태고의 괴물고기가 살아 있는 상태로 모습을 드러낸 신기한 사건이 있었다.

그것은 1938년 12월 22일에 벌어진 일이었다. 그러니까, 중일전쟁이 절정에 달했던 무렵이다. 영국령 남아프리카 희망봉 근처에 있는 이스트런던이라는 작은 어항에서 괴상한 어종이 트롤 어선의 그물에 산 채로 걸려 올라왔다. 전체 길이 150센티미터, 무게 75킬로그램의 대형 물고기로, 몸 전체가 시퍼런 색에 금속광택을 띠었고 몸통엔 기름기가 촬촬 흘렀다. 머리는 서양 투구를 쓴 모양을 하고 있었으며 가슴과 배의 지느러미는 갓난아기의 팔 끝에 날개가 붙은 것 같은 이상한 모습이었다. 그리고 가장 눈에 띄는 특징은 등뼈가 꼬리지느러미 끝까지 뻗어 있었다는 점이다. 그야말로 고색창연한 특이한 외관으로 고대 생물의 괴이함을 보여주는 생물체였다. 이 괴물고기는 중생대 백악기, 그러니까 적어도 5000만 년 전 태고에 멸종되었던

코트니래티머와 당시 발견된 실러캔스.
학명 *Latimeria chalumnae*는 그의 이름에서 따왔다.

총기류 공극어과에 속하는 살아 있는 화석이었던 것이다.

이 종은 다른 고대 생물보다도 더 오래된 생물체로 거대 공룡 등이 출현했던 쥐라기 시대보다도 1억 년 정도 앞전 태고 시대부터 살고 있었다. 화석이 최초로 발견된 것은 고생대 데본기이며, 지금으로부터 2~3억 년도 훨씬 더 된 이전 시대로 추정된다. 그리고 그때부터 이 괴물고기는 어떤 변화도 없이 중생대 말 백악기, 즉 쥐라기 다음 시대까지 종족 번식을 이어왔다. 그리고 거대한 파충류 괴물들이 지구상에서 사라진 다음, 이 어종도 완전히 종적을 감춰버렸다. 적어도 1938년 12월 22일까지는 모두가 그렇게 믿었다.

그 때문에 5000만 년에서 1억 년 전에 살던 어종이 갑자기 산 채로 남아프리카에서 출현한 사건은 이 분야를 연구하는 학자들은 물론 전 세계인을 깜짝 놀라게 하지 않을 수 없었다. 당시 이 이야기는 일본 신문에도 실렸고 이듬해 『사이언스』지에는 더욱 자세히 소개되었다. 익명의 글이었지만 원저자보다 더 이해하기 쉽게 잘 쓰인 글이었다. 당시 일본은 한커우漢口를 점령하고 열광의 도가니 속에 제등 행렬이 이어진 지 얼마 안 됐을 무렵이라 대부분의 사람이 남아프리카에서 잡힌 괴물고기 따위에는 신경도 쓰지 않았다.

이 이야기는 코난 도일의 책과 달리 실화다. 그 물고기는 포획된 후 곧장 이스트런던 박물관장인 마저리 코트니래티머에게 헌정되었다. 그는 이 방면의 전문가는 아니었지만 그 괴물고기의 독특한 생김새를 보고 범상치 않은 생명체임을 느껴 이를 스케치해 그레이엄스타운에 있던 어느 대학에 어류학자로 있던 J. L. B. 스미스 박사에게 편지로 이 사실을 알렸다. 그런데 때마침 크리스마스 시즌이었던지라 편지 배달이 늦어되는 바람에 불과 400마일 거리에 있던 스미스의 손에 편지가 들어가기까지 열흘 이상이 걸렸다. 편지를 받고 큰일이 벌어졌음을 깨달은 스미스가 코트니래티머에게 전화를 걸었을 땐 안타깝게도 이미 물고기가 부패되어 외형만 박제된 채 남아 있었다. 그 상태만으로도 5000만 년보다 더 오래전에 멸종된 실러캔스라는 사실은 확인할 수 있었으나 학문적으로 가장 중요한 부분, 즉 내장과 그 밖의 연체는 신비의 베일에 싸인 채 영영 어둠 속에 묻히게 되었다.

전 세계 학자들은 스미스가 영국의 과학 잡지 『네이처』에 기고한 첫 보고서를 읽고 경악과 반가움을 금치 못하며, 이 발견을 '금세기 동물학계의 가장 큰 수확'이라고 기뻐했다. 실로 기적 같은 일이었다. 이 발견의 의의가 그토록 컸던 만큼, 과학자들은 중요한 발견을 놓친 점에 대해 극심한 실망감을 느꼈다. 스미스는『네이처』에 두 번째 보고서를 싣고 세계 각국의 학자들에게서 수많은 비난의 편지를 받았다고 한다. 마치 갑자기 사후세계와 통신이 연결되어 경악한 사람이 막상 말을 걸려고 하자 통신이 끊겨버린 듯한 기분이랄까? 그만큼 많이 아쉽기는 했지만 이것만으로도 충분히 큰 수확임엔 틀림이 없었다.

『잃어버린 세계』의 서론으로 이 '화석 물고기의 부활'만 한 이야기는 없을 것이다. 그래서 첫날 밤은 아이들에게 이 살아 있는 화석, 괴물고기 이야기를 들려주기로 했다. 난로 앞에 모여 남아프리카 해저에서 갑자기 출현한 5000만 년에서 1억 년 전 태고의 생명체 이야기에 푹 빠진 아이들은 밖에서 몰아치는 눈보라도 궁핍한 식량도 완전히 잊어버린 듯했다.

다행히 당시에 출간되었던『사이언스』지가 있었기 때문에 일단 대강 이야기를 해주고 사진을 보여주었다. 박제된 사진과 쥐라기 시대의 실러캔스 복원도를 비교해보니 둘이 완전히 일치했다. 그러고 보니 첫째 딸도 이번 이야기에는 조금 놀란 것 같았다.

복원도는 당연히 실러캔스가 현세에 출현하기 이전에 그려진 것이다. 화석으로 남아 있는 것은 대부분 경골 일부와 그 밖의 희미한 흔적들이었다. 화석학자들은 그런 단

편적인 자료를 모아 어렵게 복원작업을 해냈다. 이런 작업은 마치 '소설책'을 쓰는 것과 같다. 하지만 이 발견은 '소설'에 나왔던 존재가 떡하니 눈앞에 나타났다는 사실만으로도 굉장히 놀라운 사건이었다. "진짜잖아"라고 첫째 딸도 수긍했다. 이로써 잃어버린 세계의 이야기를 안심하고 들려줄 수 있게 되었다.

아마존의 비경

이 '탐험기'는 챌린저가 모집한 탐험대에 지원한 영국 일간지 『데일리 가제트The Daily Gazette』지의 기자 에드워드 멀론의 수기다. 챌린저는 욱하는 성격에 인간을 싫어하며 종종 난폭함을 보이는 괴짜다. 학계나 런던 사람들은 그를 몹시 싫어했지만, 동물학자로서는 천재적이며 실행력이 뛰어난 사람이었다. 챌린저 교수는 이미 혼자서 남미 아마존 상류의 비경을 탐험한 적이 있었다. 아마존 상류는 여러 갈래의 물줄기로 나누어지는데 그중에는 백인의 발길이 닿지 않은 곳이 많이 남아 있었다.

챌린저 교수는 통나무배를 타고 그 물줄기 중의 하나를 거슬러 올라갔다. 그리고 원주민 마을에서 지금 막 숨이 끊어진 백인의 유해를 발견했다. 유류품을 정리하다 이 백인이 미국의 디트로이트에 사는 화이트라는 사람임을 알게 되었다. 화가이자 시인인 그는 미국의 물질문화에 싫증을 느끼고 새로운 영감을 찾고자 아마존 상류까지 찾아오게 된 것으로 보였다. 지친 기색이 역력했고 쿠루피가 사는 밀림 속에서 헤매다가 그곳을 겨우 빠져나와 원주민이 사는 마을에 도착했는데, 도착하자마자 바로 쓰러졌다는 것 외에는 이 남자에 대해 알려진 게 아무것도 없었다. 쿠루피는 남미 브라질 원주민 사이에서 널리 알려진 밀림의 수호자다. 쿠루피를 만난 사람은 다시는 살아서 인간세계로 돌아갈 수 없다는 전설이 옛날부터 전해 내려오고 있었다.

화이트는 죽는 순간까지 한 권의 스케치북을 품에 꼭 안고 있었다. 너덜너덜해진 재킷 안에서 발견된 이 스케치북은 이야기의 발단이 된다. 그 안에는 다양한 그림이 있었는데, 마지막에는 평원 저 너머에 깎아지를듯한 절벽으로 둘러싸인 높은 언덕이 그려져 있었다. 그리고 그다음 장에는 거대한 괴물 그림이 있었다. 그것은 바로 쥐라기 시대 공룡의 한 종류인 스테고사우루스였다.

챌린저를 방문한 멀론은 처음으로 그 스케치북을 보게 되었다. 에드윈 레이 랭커스터의 저서에 나와 있는 스테고사우루스의 복원도와 놀랍게도 완전히 일치하는 모습이었

『잃어버린 세계』 속 화이트가 그린 스테고사우루스.

다. 이를 시작으로 다양한 사건이 벌어진 끝에 결국 챌린저 교수는 탐험대원을 모집하여 이 잃어버린 세계로 탐험을 떠나게 되었다. 그리고 그곳에서 살아 있는 스테고사우루스와 이구아노돈을 발견하게 된다. 남아프리카에서 현세의 실러캔스가 발견된 것은 코난 도일 소설의 현실판이라고 볼 수 있다.

지난해 말 영국의 에베레스트 원정대가 히말라야에서 괴물 발자국을 발견했다는 기사로 여러 신문사가 떠들썩했던 적이 있었다. 그때 화제가 된 이야기가 5년 전에 아이들에게 들려주었던 『잃어버린 세계』이야기다. 그새 많이 성장한 아이들은 그 이야기가 전부 거짓말이었음을 이제 다 알게 되었지만 인간 세상과 동떨어진 아마존 비경의 신비한 아름다움은 여전히 머릿속에 남아 있는 것 같았다. "봐봐. 저기 잃어버린 세계로 들어가는 통로는 통나무배도 들어갈 수 없을 만큼 좁은 강인데 무척 아름다웠어." 그런 것은 하나도 기억 못 할 것 같은 두 딸이 이렇게 말을 꺼낸 것이었다.

탐험대를 태운 두 척의 통나무배는 드디어 잃어버린 세계의 입구에 다다랐다. 통나무배로 무성한 갈대숲 속을 수백 미터나 헤쳐나가다 보면 갑자기 수심이 낮고 잔잔한 물줄기를 만나게 된다. 물은 놀라울 정도로 투명하고 바닥엔 아름다운 모래가 깔려 있다. 폭 18미터 정도 돼 보이는 좁은 강을 둘러싼 절벽의 식물은 화려한 자연의 극치를 보여준다. 이곳이 바로 무릉도원이며 잃어버린 세계로 들어가는 입구다. 울창한 열대 수풀은 수면 위에 자연 천막을 쳐주고 녹색 잎을 통과해 비추는 황금빛 태양은 황혼을 연상케 할 만큼 아름답다. 그 아래를 푸른 강물이 잔잔히 흐른다. 그 강물은 나무 사이로 비치는 햇빛을 받아 오묘한 색깔을 띠며 신비로운 아름다움을 자아낸다. 통나무배는 그 반짝이는 수면 위에 수천 개의 잔물결을 일으킨다. 신비의 세계로 들어가는 통로라고 하기에 마침맞은 풍경이다.

아서 코난 도일도 이곳의 풍경 묘사에 심혈을 기울였다. 아무래도 그 스스로 잃어버린 세계를 갈망하고 있었던 게 아닌가 싶다. 그는 죽을 때까지 동심을 잃지 않았던 사람이었을 것이다. 아이들은 생선가루와 지푸라기를 섞어 만든 경단을 먹었던 기억은 잊어버렸을망정 그때 들은 아마존의 비경 같은 동심 속 이야기는 좀처럼 잊지 못하는 것 같다.

히말라야 괴물의 발자국

다 큰 어른이라고 해도 많든 적든 동심은 남아 있게 마련이다. 히말라야 괴물 얘기도 이번에 처음 나온 게 아니다. 1936년에 릿쿄대학 난다코트* 등반대가 인도로 원정을 떠났을 때도 엄청난 사건이 있었다고 한다. 히말라야 산록의 어느 마을에 키가 무려 12미터나 되는 거인이 나타나 그곳 주민은 말할 것도 없고 인도 전체가 이 사건으로 떠들썩했다. 이 괴물은 기차를 넘나들고 거목을 밟아 쓰러뜨리며 여자들을 기절시키는 등 난동을 피우다가 다시 깊은 산중으로 종적을 감춰버렸다고 한다. 그때 그 괴물의 발자국이 남아 있었는데 길이 55센티미터, 폭 25센티미터나 되는 엄청나게 큰 족적으로 인간의 것과 비슷한 형태였다고 한다.

히말라야 산중에 거인인지 고릴라인지 도무지 정체를 알 수 없는 괴물이 산다는 전설은 현지 주민뿐만 아니라 많은 인도인도 믿고 있었다. 1951년 에베레스트 원정대 에릭 십턴 대장의 수기를 보면 히말라야 주민들은 이 괴물을 예티Yeti(설인)라고 부르고 있었다. 십턴 대장을 안내해주던

---

* 히말라야산맥에 위치한 난다코트산의 이름에서 따왔다.

현지인 중 한 사람은 2년 전에 예티를 만난 적이 있다고 했는데, 반인반수 같은 괴물의 모습에 키는 1미터 70센티미터 정도 돼 보였고 전신은 적갈색 털로 덮여 있었으나 얼굴에는 털이 없었다고 했다.

십턴 대장이 찍은 발자국 사진을 보고 동물학자들은 회색랑구르 원숭이라고 말했지만 십턴 대장은 이를 받아들이지 않았다. 『아사히신문』에 연재된 그의 수기 중에서 이와 관련된 부분을 발췌해보았다. 괴물의 발자국을 발견하게 된 건 지난해 11월 8일 에베레스트산 부근 멜룽체 만년설 위에서였다. "우리는 오후 세 시 반 고개 너머에 있는 만년설에 도달해 남서쪽으로 내려가기 시작했다. 그리고 오후 네 시경 전방에서 이상한 발자국을 발견했다. (…) 발자국이 뒤섞여 있는 것을 보니 적어도 두 마리 이상의 기괴한 생물이 지나간 것으로 보인다. 크기는 우리가 신는 등산화보다 약간 더 길고 폭은 매우 넓었다. 자세히 들여다보니 넓적한 세 개의 발가락과 옆으로 불쑥 튀어나온 큰 엄지발가락이 있는 것으로 확인되었다. 우리는 그 발자국을 쫓아 2킬로미터 정도 눈길을 따라 내려갔지만 얼음이 모레인(빙퇴석)으로 덮여 길이 끊겨 있었다."

발자국 사진도 남아 있고 에릭 십턴이라는 사람 또한 영국의 위대한 산악인인 만큼, 기차를 넘나들며 난동을 피운다는 항간의 괴물 거인 이야기와는 조금 다른 의미가 있었다. 그 때문에 동물학자들도 이번 이야기에는 귀를 기울였다. 학자들의 조사 결과 회색랑구르임이 밝혀졌으나 이 결과를 거부하는 십턴 대장의 의견에도 일리가 있었다. 첫째, 회색랑구르는 초식동물인데, 해발고도 5000미터의 빙하 위에 대체 어떤 식물이 있을까? 육식동물이라면 얼음 속에 사는 기니피그나 티베트쥐가 있기 때문에 그들을 먹이 삼아 생존할 수 있지만 초식동물이 이런 곳에서 생존할 확률은 희박하다.

둘째, 회색랑구르의 발자국은 아무리 커도 길이 20센티미터를 넘지 않는다. 그런데 괴물의 발자국은 30센티미터가 넘었다. 대부분의 발자국 모양이 뭉개져 있었기 때문에 눈이 녹으면서 어느 정도는 커졌을 수 있다. 그러나 빙하에 쌓여 있던 눈은 매우 얇아 발 모양이 확실하게 남아 있었던 걸로 보아 눈이 녹아 커졌다 하더라도 큰 차이는 없었을 것이다. 그러니 이 괴물은 회색랑구르보다 훨씬 더 큰 생물체임이 틀림없다.

여기서 이 괴물의 실존 여부는 중요치 않다. 하지만 한 가지 확실한 점은 십턴 대장이 "동물학에 문외한인 내가 이러쿵저러쿵 말할 입장은 아니지만, 동물학자가 말한 내용은 수긍할 수 없다"고 말한 대목에서 그의 마음속에 남아 있는 동심을 읽을 수 있었다는 점이다.

히말라야에서는 재작년에도 아삼주의 밀림에서 몸길이 약 27미터에 키는 6미터 정도 되는 괴물이 나타나 주민을 공포에 떨게 한 일이 있었다고 한다. 이 거대한 괴물은 쥐라기 시대 공룡과 유사한 모습이었다고 알려져 있다. 원자력 시대에도 많은 사람이 잃어버린 세계의 꿈을 꾸고 있는 것이다.

이구아노돈의 노래

『잃어버린 세계』 이야기 중에서도 아이들은 큰 덩치임에도 성격이 온순한 공룡 이구아노돈을 가장 좋아했다. 이 책은 초식성 거대 파충류를 원시인류가 사육하는 가축처럼 표현했다. 하지만 그것이 시대착오가 아님을 증명이라도 하듯 동시대에 생존해 있던 실러캔스가 희망봉 근처 주민 앞에 그 모습을 드러냈던 것이다.

다음 노랫말을 보면 아이들이 얼마나 이구아노돈을 좋아했는지 잘 알 수 있다.

이구아노돈 등에

고릴라가 타고 있다 타고 있다

고릴라 등에

원숭이가 타고 있다 타고 있다

원숭이 등에

쥐가 타고 있다 타고 있다

쥐 등에

잠자리가 타고 있다 타고 있다

잠자리 머리 위를

군용항공기가 날고 있다 날고 있다

막내아들이 이 노래를 만들어 부르곤 했다. 자기 나라가 패전한 것도, 자기가 영양실조에 걸렸다는 것도, 아무 것도 모른 채 카인의 후예의 땅에서 '이구아노돈의 노래'를 부르며 좋아했던 것이다. 하지만 그 녀석은 얼마 지나지 않아 영양실조가 화근이 돼 큰 병은 아니었지만 돌연 목숨을 잃고 말았다. 그러나 두 딸은 현재까지 매우 건강하다.

그해 연말부터 정월까지 나는 편도선과 축농증 수술 차 K 병원에 입원해 있었다. 20년 동안이나 미뤄온 수술을 그제야 하게 된 것이었다. 수술은 이 방면에서 가장 권위 있는 K 박사가 해주기로 했기 때문에 아무 걱정도 하지 않았고, 경과도 물론 매우 좋았다.

종종 아내와 교대해 나를 간호해주러 오던 큰딸은 병원에서 특별히 할 일이 없었던지라 무료한 시간을 보내기 일쑤였다. 그런데 어느 날엔가 그 애가 『잃어버린 세계』를 들고 왔다. 낮잠을 잔 탓에 밤에 잠이 오지 않아 열한 시까지 침대 위에서 멍하니 있는데 큰딸도 자지 않고 『잃어버린 세계』에 푹 빠져 있었다. "어때? 재미있니?"라고 물었더니 "응, 너무 재밌어"라며 내 질문이 귀찮다는 듯 건성으로 대답했다.

"내용이 이해돼? 어려운 단어가 많이 나올 텐데"라고 말해도 "그렇긴 한데 사전 찾아볼 시간이 없어. 지금 중요한 장면이야"라며 더 이상 말도 못 붙이게 했다. 이미 한밤중이었다. 그래도 바람직한 현상이라고, 산 사람은 그렇게 조금씩 더 성장해나가야 하는 법이라고 생각하며 눈을 감고 잠을 청했다.

1952년 3월

눈은 하늘에서 보낸 편지

초판인쇄   2022년 12월 27일
초판발행   2023년 1월 10일

지은이   나카야 우키치로
옮긴이   박상곤
펴낸이   강성민
편집장   이은혜
기획   노만수
편집   박은아
제작   강신은 김동욱 임현식
마케팅   정민호 이숙재 김도윤 한민아 정진아 이민경 정유선 김수인
브랜딩   함유지 함근아 김희숙 고보미 박민재 박진희 정승민

펴낸곳   (주)글항아리 | 출판등록 2009년 1월 19일 제406-2009-000002호

주소   10881 경기도 파주시 회동길 210
전자우편   bookpot@hanmail.net
전화번호   031-955-2696(마케팅) 031-955-2663(편집부)
팩스   031-955-2557

ISBN   979-11-6909-066-7 03400

www.geulhangari.com